UN VENT LES POUSSE

@ Photo couverture : Alexandre Darbary

Frédéric Bécourt

UN VENT LES POUSSE

ACCRO
éditions

À ma fille

« Et voilà ce qui distingue les hommes en effet : ceux qui voient le bien dans la grandeur sont d'âme antique, fussent-ils nés d'hier. Les autres, qui confondent la grandeur dans une espèce d'hygiène sociale qu'ils nomment le bien, ceux-là sont esclaves par l'âme : gens de demain, et toute yancaille. Ils n'ont même pas le mauvais style de l'homme, tant ils sont privés de style. Ils sont nombre et matière. Ils sont la dune infinie, qui prétend convertir en pacage banal le jardin des Hespérides et peut-être assécher l'Océan. Les sables humains ne sont ni bons ni méchants. Ils n'ont même pas la force du mal, quand ils le font : un vent les pousse. Ils sont bien pis : ils sont médiocres, et les atomes sans nombre de l'universelle médiocrité. On n'y peut pas penser sans dégoût. »

André Suarès, « Valeurs et autres écrits historiques, politiques et critiques (1923-1948) »

« Le quantitatif se transforme en qualitatif, c'est-à-dire en ce qui est intrinsèquement déterminé. Cette unité qui se continue ainsi en elle-même dans l'échange des mesures est la matière véritablement subsistante, autonome, la Réalité. »

G. W. F. Hegel, Science de la Logique, tome 1, « Doctrine de l'être »

1

Le petit nez de Chloé, collé contre la porte d'entrée, dessinait sur la vitre dépolie des spectres de buée aux formes évanescentes. Dehors tombait le déluge. Sa mère n'allait plus tarder maintenant. C'était le même scénario chaque dimanche soir à dix-neuf heures, une semaine sur deux. Le même déchirement pour Gilles de la laisser partir, la même déception surtout de constater l'impatience de la fillette. Une lueur de phares balaya soudain l'étroite allée, à travers les ondées. Le simple bruit du moteur, bien que plus fort et plus sourd qu'à l'habitude, parvint aussitôt à illuminer le visage de Chloé. Si le vrombissement de la grosse berline suédoise lui parut familier, c'est que le conducteur n'était autre que son beau-père, le nouveau compagnon de Juliette. Un ostéopathe notoire doublé, selon Gilles, d'un crétin satisfait. La situation devait être grave pour qu'elle l'ait envoyé seul chercher sa fille.

« Bonsoir Gilles, lâcha le visiteur, encore essoufflé après un court effort de quelques foulées pour rejoindre le perron en évitant les flaques. Désolé, c'est moi qui viens la chercher pour une fois, mais Juliette est un peu souffrante... Tout s'est bien passé cette semaine ? »

Sans attendre une réponse, ni même se donner la peine de faire semblant, il empoigna la valise de Chloé puis, de l'autre main, agrippa l'enfant par le bras comme s'il s'agissait d'une plante verte ou d'un quelconque objet de décoration.

« Tout s'est bien passé, oui. » grommela Gilles. Alors qu'il s'agenouillait pour embrasser la fillette, celle-ci tourna la tête, murmura un refus et enfin, dans un soupir, réclama sa mère. Gilles se remémora alors les mots rassurants de la pédopsychiatre de la clinique Bordeaux Nord : « Ce n'est qu'une phase, Monsieur Duvignac. Certes, il se peut que Chloé vous tienne rigueur de la séparation pendant quelque temps encore, mais, vous verrez, elle reviendra vers son papa dès que tout cela se sera tassé. » Huit mois plus tard, rien ne semblait pourtant lui ramener sa fille. Le bambin hilare qui courait pieds nus dans la maison, jouant à cache-cache avec ses parents, s'était transformé en une enfant sombre, presque mutique. Décidément, la garde alternée ne passait pas. Rien de surprenant selon Juliette, qui tenait Gilles comme principal responsable de cette situation, rejetant à première vue toute forme de culpabilité.

Après un dernier geste de la main en direction du véhicule qui s'éloignait, Gilles ferma la porte sur une indicible amertume. Le silence n'attendait que cela pour s'inviter et reprendre toute la place, aussitôt accompagné du manque et de la solitude. La pluie redoublait et le froid s'installait. Un regard sur la pendule de l'entrée, il était dix-neuf heures quinze. Plus que sept dodos avant le retour de Chloé.

Sur la table du salon, pêle-mêle, quelques pages imprimées et griffonnées lui rappelaient les consignes de son éditrice. Saisir les moments à cru, capter les émotions dans leur singularité et leur vérité. Anne s'était montrée très directe la semaine dernière au téléphone : Gilles devait dépoussiérer son style, se débarrasser de certains clichés, de repères sociologiques un peu datés et d'une forme de cynisme facile que certains lecteurs, principalement des lectrices, avaient pointés du doigt dans son dernier roman. Gilles s'était sagement rangé à son avis. Il avait promis, une nouvelle fois, de retrouver la légèreté et la sincérité de ses débuts.

Le tonnerre grondait à présent. Sur une chaise, divers dessins de fleurs et de princesses à cheval amplifiaient encore l'absence, embaumant la pièce de l'odeur particulière des feutres pour enfant. Gilles s'assit, prit un stylo et laissa venir les mots comme des gémissements de douleur. Quelques lignes de plus sur la souffrance d'un père et le sentiment de dépossession, voilà tout ce qui lui venait. Nulle autre vérité, rien de plus sincère. Ce n'était peut-être pas ce qu'Anne espérait, c'était même certain, mais elle n'obtiendrait pas autre chose. Pas ce soir. Comme souvent ces temps-ci, l'encre de Gilles serait d'une noirceur aveugle et rogue, tant pis pour les clichés et les promesses de légèreté.

« Pourquoi ne passes-tu pas à autre chose ? Tu devrais sortir davantage, rencontrer de nouvelles personnes. Ce serait bon pour toi. Pour ta santé mentale mais aussi pour ton inspiration artistique. Et je ne te parle même pas de Chloé, tu sais combien elle est triste de te voir comme ça... Tu m'inquiètes, tu sais. » Le sermon de Juliette, prononcé sans émotion et à mi-voix dans la salle d'attente de la pédopsychiatre, tournait encore dans la tête de Gilles deux semaines plus tard. Qu'est-ce qu'elle avait voulu dire ?

Tout était donc sa faute ? Elle avait peut-être raison dans le fond, sortir un peu lui ferait du bien. Mais pourquoi n'était-elle pas venue chercher Chloé ce soir, au lieu de mandater l'autre imbécile ? Même grippée, ça ne lui ressemblait pas. Toutes ces idées s'entrechoquaient et empêchaient Gilles de faire le vide. Ce vide, si nécessaire à la disposition pour écrire, survenait d'ailleurs de plus en plus rarement. C'était tout le paradoxe de cette situation. La solitude apparente de Gilles exacerbait son agitation intérieure, dévorant les heures et formant un rempart à toute inspiration.

« Ah te voilà enfin, Mirabelle... Chloé t'a cherchée toute la matinée, et c'est maintenant qu'elle est partie que tu te montres ? Tu n'es vraiment pas sociable... »

La vieille chatte venait de faire son apparition, elle fila se blottir dans le fauteuil à côté de la cheminée. Gilles avait remarqué qu'elle s'avisait souvent de lui témoigner une présence discrète dans les moments de mélancolie et de solitude. Non pas dans le but de le consoler ou même de manifester la moindre empathie à son égard mais uniquement pour s'assurer qu'il ne fasse pas de bêtise, qu'il ne lui prenne pas l'envie de fuguer par exemple. Mirabelle tenait à ce que la maison reste en ordre et que chacun y remplisse son rôle. Elle lui rappelait cette évidence que ce sont toujours les chats qui domestiquent leurs maîtres, jamais l'inverse.

Rien n'avait changé depuis le départ de Juliette quinze mois plus tôt. La discrète échoppe bordelaise conservait intact son charme des années trente, une décoration sobre et presque dépouillée mettant en valeur les moulures au plafond, le parquet français et les carreaux de ciment. Bien qu'elle se soit récemment entichée d'un charlatan, même pas médecin et presque chauve, Gilles reconnaissait à son ex-compagne un goût certain pour les belles choses et leur arrangement. Pour cette raison, il ne voulait déplacer aucun meuble, ne toucher à aucun bibelot. Qui sait, s'il lui venait un jour des remords et qu'elle souhaitait rentrer auprès des siens, au moins trouverait-elle la maison intacte, comme dans ses souvenirs les plus heureux.

Presque mécaniquement et sans aucune pensée, Gilles entreprit un peu de rangement. Les affaires de Chloé devaient retrouver leur juste place dans l'intime chambre rose pâle au plafond étoilé. Il ne serait pas excessif de dire que la simple existence de Chloé lui sauvait la vie, dans la mesure où seule la présence de la fillette à ses côtés, même occasionnellement, parvenait à lui donner un sens. C'était comme ça ; chaque jour était pour elle et le reste n'avait aucune importance. Alors qu'il alignait toutes ses poupées et peluches sur la petite commode dans un ordre précis, Gilles s'interrogea un instant sur l'avenir de son unique enfant. Quel type de femme deviendrait-elle ? Plutôt du genre sérieuse, ou pourquoi pas navigatrice ? Davantage artiste ou conformiste ? Elle serait un peu tout cela peut-être, ou bien autrement. Qu'importe en fin de compte, du moment qu'elle demeure là, toute proche, toujours.

Chloé avait fait irruption dans la vie de Gilles comme une invitée qu'on n'attend plus. Pas à son insu, mais contre le cours des choses. Passé quarante ans, il s'était fait à l'idée que la vie de famille lui resterait étrangère, que c'était pour les autres. Il y voyait moins le constat amer d'une fatalité que le simple résultat d'une prédisposition génétique. Attiré uniquement par des femmes inaptes à la maternité, son corps devait être programmé pour ne pas se reproduire. Du reste Juliette, comme ses compagnes précédentes, témoignait en apparence d'une froideur et d'un narcissisme dont on fait les vieilles filles. Pourtant quelque chose, cette fois, avait tout changé. Peut-être s'étaient-ils rencontrés à un moment particulier de leurs vies. Sans doute se sentaient-ils plus vulnérables, moins arrogants qu'à leurs trente ans. En tout état de cause, ils avaient tous les deux ressenti, simultanément et pour la première fois, quelque chose comme une forme de désir profond et immatériel, une aspiration commune au bonheur, qui les avaient conduits à une vie de couple épanouie puis à la bénédiction d'un enfantement inattendu. C'était cinq ans auparavant mais il lui semblait que c'était la veille.

En retournant dans le salon, Gilles fit une halte devant le miroir et recoiffa sa tignasse d'un coup de main lancé comme une gifle. Son long visage, ovale et gris, exprimait l'ennui ou plutôt la forme durable de l'ennui qu'on appelle la tristesse. Une nouvelle semaine hors du monde et sans vie s'annonçait. Une longue torpeur en fin de compte, un quotidien sans imprévu. Tout était organisé. Il allait remplir ses journées d'une multitude de tâches insignifiantes, méticuleusement ordonnées pour ne laisser aucune place au vide et à l'absence. Il mangerait peu mais à heure fixe. Il boirait uniquement de l'eau, une gorgée à la fois et à un rythme régulier. Il lirait à voix haute pour se tenir compagnie. Le même rituel janséniste se reproduisait ainsi une semaine sur deux et constituait pour Gilles la seule méthode pour tenir bon, le seul artifice permettant d'atténuer la lancinante torture du temps qui ne passe pas. Et puis le soir il tenterait d'écrire, ruminant ses textes des heures durant, jusqu'à les priver de sens. Jusqu'au milieu de la nuit, jusqu'à l'épuisement. Il en allait comme ça depuis presque un an maintenant, l'habitude s'était installée. Gilles menait désormais une double vie, ou plus exactement une demi-vie, dont il s'accommodait à grand renfort de tics obsessionnels et de petites habitudes. À la différence de Juliette, qui n'avait jamais supporté ses manies, il considérait la routine comme un support nécessaire, sinon suffisant, à l'épanouissement. D'après Gilles, la routine visait à introduire de l'éternité dans l'éphémère, de la cohérence dans l'absurde. C'était peut-être, selon lui, le seul sens de la vie. La nature le savait bien, d'ailleurs, elle qui reproduisait chaque jour, et quasiment à l'identique, le miracle de sa propre perpétuation.

L'admiration de Gilles pour sa fille ne connaissait aucune limite. Elle était sa principale force et sa plus grande faiblesse. La source de toutes ses joies, aussi, et l'unique objet de ses angoisses. Un soir que l'ennui et la griserie d'un vieux Saint-Estèphe les avaient poussés à une longue discussion au sujet de leur avenir commun et des écueils que la vie pouvait encore leur réserver, Gilles avait avoué à Juliette que, dans l'éventualité où il arriverait malheur à Chloé, il mettrait aussitôt fin à ses jours. Nullement par désespoir, ou même dans le but de se punir d'avoir failli à son devoir de protection, mais uniquement pour la rejoindre. La perspective d'une séparation lui paraissait à ce point insupportable. Juliette avait pleuré, Gilles s'était excusé et ils avaient finalement convenu de ne plus en reparler. L'avenir menaçait et les mots pesaient lourd, c'était au temps de la pandémie. Pour concevoir ce que pouvait représenter Chloé aux yeux de son père, il faudrait se figurer une idée de l'absolu. Rien n'avait plus de valeur, de portée ou d'intensité que cet amour-là. Pendant ces mois de confinement, Gilles n'avait vécu que pour elle. Il s'émerveillait de son être à chaque instant, contemplait sa présence inlassablement. Des heures à l'observer vivre. Des jours à la respirer, ivre ; de bonheur, de fierté, de l'honneur qu'elle soit sa fille. Il avait cessé de travailler ses textes, ne lisait presque plus. Il ne pouvait vivre sa vie et se résoudre simplement à la regarder grandir, car c'eût été admettre qu'elle lui échappait. Alors il passait ses journées à retenir chaque sourire, chaque regard. Il la filmait en train de dormir, la prenait en photo à tout instant et sans raison. Comme un fou fixant un sablier sans cligner des yeux, il croyait ainsi pouvoir arrêter le temps. Mais alors que Gilles s'était cramponné à sa fille durant cette longue épopée immobile, la mère de Chloé, elle, s'était lentement éloignée. Un rideau de froideur s'était tendu entre eux, petit à petit et sans un bruit, de manière presque imperceptible.

Il serait vain ici de gloser sur les causes du désamour de Juliette ou d'étudier dans le détail les raisons précises de leur séparation. Voilà une histoire banale, semblable à des millions d'autres. Juliette, en devenant mère, avait acquis une forme de gravité et, ce faisant, s'était peu à peu éteinte au désir. Gilles, de son côté, avait conduit son couple au ralenti, par mollesse ou excès de prudence, au point qu'il s'était endormi au volant et l'avait fracassé contre le quotidien. Comme beaucoup de types bien, en fin de compte, ceux-là même que les femmes ambitieuses quittent invariablement. Et puis, même si tout le monde s'en était accommodé – ou feignait parfois d'y trouver quelque bénéfice – les multiples confinements et restrictions sociales avaient abîmé les vies et les cœurs. Si la logique libérale globale et ses petites déclinaisons quotidiennes – faites le plus souvent de trajets en voiture, de courses au supermarché et d'abrutissements télévisuels – avaient poursuivi leur marche implacable, il y avait eu de la casse. Une casse invisible mais généralisée, presque anthropologique. Même si rien n'avait vraiment changé, tout était différent désormais. Le monde allait comme un canard sans tête, les gens semblaient apathiques et perdus. La sécurité sanitaire devenue l'unique boussole commune, plus rien d'autre n'avait de valeur ou ne portait de sens. Si jadis la religion ou la philosophie dissimulaient aux hommes le spectacle de l'abîme, aujourd'hui ils se retrouvaient nus face au néant et à l'absurdité de leur condition. Libérés de l'emprise de Dieu et de toute forme de croyance, ils s'étaient aliénés d'eux-mêmes au matériel, à la chimie et à la technologie. Ils avaient choisi de refuser la transcendance. La diminution de leurs existences ne connaissait plus de limite.

Gilles n'aimait pas repenser à cette époque ni à leur rupture ; il considérait qu'il avait fait de son mieux. Que Juliette et lui étaient allés au bout de leur histoire, aussi loin que l'on peut aller, voilà tout. Il n'avait plus rien à se reprocher. La seule chose qui comptait à présent c'était le bonheur de Chloé, ou ce qu'il en restait à sauver. La petite fille pouvait encore être heureuse, son enfance ne se résumerait pas à de longues et mornes semaines de garde alternée. Son quotidien se devait d'être léger, insouciant, enchanté. Chloé en avait le droit et Gilles s'en ferait désormais un devoir. Il veillerait à son épanouissement et à l'émergence de son libre arbitre. Il empêcherait qu'elle ne devienne une brebis hébétée et servile, sous la menace des censeurs de tous ordres et l'influence d'une société adulescente obsédée par les plaisirs futiles.

Gilles tournait en rond dans la maison comme un insecte qui ne sait où se poser, maudissant tour à tour les humeurs de Juliette, les caprices du ciel mais aussi sa propre inconséquence. Elle s'était engagée, au moment de la séparation, à ne jamais confier Chloé à un étranger. Sous aucun prétexte. Un jour ou l'autre, il faudrait qu'il lui rappelle cette parole, mais alors elle risquerait de se vexer. Elle soutiendrait que Laurent n'est pas un étranger, qu'il s'agit du beau-père de Chloé et qu'elle l'aime. Après tout, c'était peut-être elle qui avait raison et lui qui en demandait trop. Et puis cette pluie qui n'avait pas cessé du weekend… Les murs du salon, contre lesquels il s'était cogné la tête si souvent, restaient muets d'indifférence. Seule Mirabelle ouvrait un œil réprobateur dès lors que les monologues de son maître dépassaient un certain volume sonore. Il se perdait ainsi en d'inutiles pensées depuis de longues minutes quand soudain le téléphone s'éclaira pour afficher le prénom de Philippe. Même s'il n'avait envie de parler à personne, il prit tout de même l'appel. Il était invité le jeudi suivant chez son vieil ami pour un barbecue et il y aurait du monde ; ce serait un jour férié apparemment. Sur le moment, déboussolé par l'irruption d'un imprévu, Gilles regretta presque de ne pas avoir décliné. Puis il se souvint du sermon de Juliette et de son engagement auprès de son éditrice de renouer avec la légèreté ; cette invitation ne tombait pas si mal que ça, après tout.

Il alluma la petite lampe sur le buffet du salon et les murs s'éclairèrent d'un blanc moins livide, plus humain. C'est alors que Mirabelle, définitivement réveillée par la conversation téléphonique, vint se frotter contre ses jambes en ronronnant. Elle aussi connaissait la routine. Dans six minutes exactement viendrait le moment de la nourrir, puis ce serait au tour de son maître de déguster son potage un quart d'heure plus tard. Il se livrerait ensuite à une ultime corvée de vaisselle et de ménage. Ce serait alors que Gilles éprouverait enfin une forme de soulagement coupable : la cuisine, comme le reste de la maison, n'exposerait plus la moindre empreinte de Chloé sur laquelle poser son regard, ni une quelconque trace de vie d'ailleurs. Tandis que Mirabelle l'observait d'un œil doux mais sans compassion, il but une gorgée d'eau en s'écoutant déglutir. Dehors, l'orage avait cessé.

2

Un nouveau coup d'œil à sa montre. Plus de vingt minutes déjà qu'elle attendait à la caisse du supermarché Aldi de l'avenue Thiers, coincée entre un couple de retraités soucieux de reconstituer une nouvelle fois leur stock de pâtes alimentaires et de papiers toilette pour plusieurs mois et une bande de lycéennes hilares aux bras chargés de bonbons, de vodka et de jus de fruits bon marché. Certes, le pays était sorti depuis quelques jours d'une nouvelle période de confinement dite de « sobriété solidaire » durant laquelle les couvre-feux, les restrictions énergétiques et les contraintes de déplacement avaient rythmé la vie quotidienne des Français, mais certaines habitudes demeuraient tout de même tenaces. C'était sûrement du fait de ces habitudes que Marie-Pierre persistait à vouloir faire ses courses en fin de journée, avant de rentrer chez elle et de s'enfermer pour de bon. Elle s'en voulait, dans ce type de situations, de ne pas chercher d'alternative. Oh, elle avait bien essayé les *drives* quelques fois mais ce modèle de distribution lui posait un problème éthique. Le sort de toutes ces caissières, souvent des mères célibataires comme elle, ne pouvait la laisser insensible. Même si elle n'était que rarement récompensée par un sourire ou une parole aimable, elle aimait à se dire qu'elle n'endurait pas ces files d'attente pour rien, qu'elle n'agissait pas uniquement dans le but de sauver quelque emploi précaire mais qu'elle œuvrait plus généralement à l'avènement d'un monde meilleur et plus humain.

Déjà trois fois maintenant que le vieux Samsung Galaxy S4 vibrait frénétiquement dans le fond de son sac besace en fibres de coton bio, produisant contre sa cuisse une sensation désagréable. Les deux fois précédentes elle avait raccroché d'une main ferme, à tâtons et sans même y regarder, pestant contre l'antique téléphone portable, le temps perdu et la cohue environnante. Lorsqu'enfin elle décrocha, son énervement s'avérait à ce point perceptible que le silence se fit immédiatement, autour d'elle comme au bout du fil. C'était Marjorie, sa jeune collègue de l'école maternelle.

« Pardon de te déranger Marie-Pierre mais on vient d'avoir un gros incident à la garderie, entre deux moyens. C'était ho-rrible ! Pour moi, on est sur une agression qui correspond tout à fait au nouveau protocole RSHT. Et comme c'est la première fois, je ne sais pas trop quoi faire. Je pense qu'il faudrait vraiment que tu t'en occupes. Tu crois que tu pourrais venir maintenant ? C'est vraiment un truc de fou, j'te jure !

– Du calme, Marjo. Est-ce qu'il y a des blessés ? Dans quel état sont les enfants ?

– Ah non, il n'y a pas de blessé, les enfants vont très bien. Ils ont recommencé à jouer dehors, comme si de rien n'était. Mais c'est une question de principe, il me semble qu'on ne doit pas laisser passer ça ! En fait voilà, c'était il y a dix minutes, j'étais en train de ranger et puis…

– Écoute, je suis désolée mais je n'ai pas le temps de venir à l'école maintenant. Je suis coincée au supermarché dans une file QUI N'AVANCE PAS (Marie-Pierre avait volontairement élevé la voix afin de communiquer son exaspération au plus grand nombre) et je dois encore m'occuper de Sofiane, qui ne va pas tarder à rentrer. De ce que je comprends, il n'y a rien qui me paraisse urgent. Je te propose donc que l'on parle de tout ça tranquillement demain matin, ok ? Tu sais, c'est souvent contre-productif de vouloir agir à chaud dans ces moments-là... Bon, maintenant avant de partir, n'oublie pas de fermer toutes les salles à clef ainsi que le petit portail au fond de la cour de récréation. Et surtout, ne dis rien aux parents quand tu leur rendras les petits, ça les angoisserait inutilement. Voilà... Allez, à demain Marjo. Bonne soirée. »

Dans le profond soupir qui suivit, Marie-Pierre exprima une lassitude et un abattement qui ne se résumaient pas au seul dépit de la conversation qu'elle venait de tenir. Le sort s'acharnait. Depuis qu'elle avait accepté ce poste de directrice de l'école maternelle de Bordeaux Bastide, elle croulait sous les plaintes et les injonctions en tous genres. Les tracasseries administratives se succédaient et les relations avec ses collègues ne cessaient de se détériorer. Pas un jour ne passait sans qu'elle ne regrettât cette décision. Certes, on était venu la chercher ; on l'avait presque suppliée. Son charisme et son autorité naturelle feraient d'elle une « directrice parfaite », avait soutenu l'inspectrice d'académie. Tout le monde au rectorat se disait convaincu de sa capacité à fédérer l'équipe pédagogique. Passés les premiers espoirs, le poids de la fonction s'avérait insoutenable, et le complément de salaire nettement insuffisant pour payer les factures et couvrir la prise en charge de Sofiane. L'inspectrice était bien venue aux nouvelles, comme prévu, quelques jours après la rentrée de septembre, elle s'était même déplacée pour l'occasion. Au demeurant, on ne peut pas dire qu'elle eût paru à son aise au fond d'une salle de classe. Elle ressemblait plutôt à un huissier, ou même une ministre, enfin ce genre de femmes, généralement d'âge mûr et chaussées de lunettes rondes, qui parlent au nom de la République avec affectation. Marie-Pierre lui avait fait part de ses inquiétudes concernant certains enfants, elle s'était émue du manque de moyens accordés aux activités périscolaires. L'inspectrice avait pris bonne note et s'était engagée à intervenir rapidement puis l'avait assurée de son soutien indéfectible avant de repartir au volant de son véhicule de fonction. Six mois plus tard, rien n'avait changé, sinon en un peu pire.

Ce n'est qu'une heure plus tard que Marie-Pierre poussa enfin la lourde porte d'entrée de son appartement, les bras chargés de divers produits, principalement surgelés ou conditionnés sous-vide, entassés dans de larges sacs en toile réutilisables. À l'intérieur du logement, tout était sombre. L'imposant canapé de style marocain semblait vouloir disparaître sous les piles de linge à repasser alors que de vieux magazines et quelques dossiers de l'école jonchaient encore le tapis élimé du salon. Sur le balcon, un amas d'objets encombrants et laids bouchaient la vue sur la Garonne, obscurcissant davantage la pièce. La vaisselle sale s'entassait dans l'évier. Guidée par de sourdes détonations ponctuées de cris qui semblaient s'échapper de la chambre de Sofiane, Marie-Pierre appela son fils plusieurs fois, en vain, avant finalement de venir le trouver dans son antre. Occupé à tuer des Allemands (ou peut-être étaient-ce des zombies, ou même des Russes) sur son écran d'ordinateur, l'adolescent n'accorda pas la moindre attention au baiser que sa mère lui déposa sur le front. Les voisins du dessus étaient rentrés, eux aussi, on les entendait déjà s'engueuler. Pour le reste, il n'y avait toujours pas de chèque du père de Sofiane au courrier et personne n'avait descendu les poubelles. C'était, en fin de compte, une soirée comme les autres.

Une fois les courses rangées et quelques cigarettes fumées sur le balcon, coincée entre le vélo d'appartement et l'étendoir mais tout de même à l'abri du vent, Marie-Pierre se lova un instant dans son fauteuil préféré et repensa au coup de fil de Marjorie. Elle tentait de s'en remémorer la teneur précise. Elle avait bien parlé de RSHT, c'était bien ça ? Cet acronyme barbare lui paraissait, pour la première fois, prendre une tournure concrète. Certes, le protocole *Racisme Sexisme Homophobie Transphobie* était officiellement entré en vigueur depuis plusieurs semaines au sein des écoles maternelles et primaires du département mais aucun signalement n'avait jusqu'ici été émis. Pas à sa connaissance, tout au moins. Si l'appréciation de Marjorie s'avérait exacte, ce serait certainement une première, et même une première nationale puisque Bordeaux avait été choisie comme académie pilote par le ministère. Il convenait tout de même d'attendre d'en savoir davantage. Marjorie s'avérant coutumière d'emballements fugaces et de colères spontanées, il n'y avait peut-être guère plus qu'une anodine dispute derrière tout cela. L'éventualité de devoir affronter une pile de paperasseries supplémentaires et d'interminables réunions en conseil pédagogique n'incitait pas non plus à l'enthousiasme. Mais enfin, pour une fois, il risquait de se produire dans le quotidien maussade de Marie-Pierre quelque chose d'inhabituel, un événement remarquable, et cette seule perspective lui donnait presque envie d'y croire.

Il n'était pas encore sept heures le lendemain matin quand Marie-Pierre ouvrit le portail de l'école afin de commencer au plus tôt l'inspection complète des salles de classe et du réfectoire. À cet instant, elle se sentait parcourue par une forme rare d'excitation et de curiosité qui lui donnait toute l'énergie nécessaire, cette énergie que de courtes nuits de sommeil depuis plusieurs mois ne parvenaient plus à lui fournir. Elle s'affairait à nettoyer le tableau en vinyle de la salle de jeux lorsque la porte miaula derrière elle.

« Ah Marie, tu es là ! Je suis contente, on va avoir un peu de temps pour discuter... Désolée, je suis un peu habillée n'importe comment ce matin mais je t'avoue que je ne tiens plus en place depuis hier soir. Il faut que je te raconte tout... Et ne regarde pas mes cernes, je suis crevée. J'ai passé la nuit à consulter les textes officiels et à effectuer des recherches sur Internet, je te promets qu'il s'agit d'un cas sérieux, là. Pour moi, on est sur du RSHT, c'est clair !

Marie-Pierre considéra sa collègue un instant. Par-dessus un chemisier jaunâtre, Marjorie portait une salopette en jeans dont une des bretelles semblait pendre volontairement. Ses cheveux hirsutes n'étaient chassés de sa figure que par une large pince en métal située au sommet du crâne. Sans fard ni maquillage, des yeux vitreux et lourds lui donnaient une mine cadavérique. Tout dans son aspect venait confirmer son aveu : la jeune institutrice sortait manifestement d'une nuit difficile et elle avait besoin de parler. Sans attendre, Marie-Pierre l'invita à s'asseoir à côté d'elle sur un des coffres à jouets, puis à se confier librement sur sa perception des événements de la veille.

– Bon, je vais essayer de te raconter tous les détails, pour que tu puisses te faire une opinion. Je ne veux surtout pas que tu penses que j'essaie de t'influencer, hein... Bon, voilà. Il était 17h15 ou 17h20, quelque chose comme ça, je surveillais les enfants dans la cour. Il ne restait que trois petits et deux moyens. Les deux moyens en question c'était Chloé et Souleymane. À un moment donné j'ai vu Chloé se retourner vers Souleymane et lui dire, texto : *Laisse-moi, tu sens mauvais*, tout en faisant un geste, comme ça. Ensuite, elle a ajouté : *Rentre chez toi*, ou *rentre à ta maison*, je ne sais plus exactement mais enfin ça voulait dire la même chose... Voilà, je te laisse imaginer. J'étais choquée. Tu te rends compte de la violence de ces propos ? C'est inadmissible des mots comme ça... Et puis, ça veut dire qu'elle les a entendus à la maison, ça me parait évident, non ?

– Je ne sais pas, c'est difficile à interpréter. Tu penses que c'est une agression raciste ?

– Ah oui, clairement.

– D'accord, je comprends ton point de vue… Je t'avoue que j'ai un peu de mal à me faire une idée précise de ce qui se passe dans la tête des gosses dans ce type de situation. Pas facile de distinguer ce qui relève du jeu ou de leur imagination et ce qui vient de leur éducation. Mais je fais confiance à ton jugement, c'est toi qui as assisté à la scène.

– Franchement tu peux me croire, on aurait dit qu'elle reproduisait un comportement de facho, surtout les gestes. Et j'ai consulté les directives du ministère, c'est typiquement un cas de RSHT. Alors OK, c'est un peu nouveau en France, mais en Espagne ils ont eu un incident identique la semaine dernière et ils ont appliqué le protocole Miller directement. Si tu es d'accord, je propose qu'on appelle l'inspectrice et qu'on voie avec elle comment on peut ouvrir un dossier.

– Très bien, je l'appellerai tout à l'heure, à la récréation ou à la pause déjeuner… Tu n'as rien dit aux parents quand ils sont venus les chercher ?

– Non, pas un mot, je t'ai écoutée… C'était la maman de Chloé. Elle est sympa, enfin je l'aime bien. Mais j'ai fait comme si de rien n'était, je me suis contentée de parler de la pluie et du beau temps. Et puis le papa de Souleymane est arrivé le dernier. Il avait l'air fatigué, il portait encore sa combinaison de travail. Il n'a rien dit, il a pris son fils et il est parti. Ce n'est pas un grand bavard de toute façon… »

Marjorie semblait soulagée et satisfaite de cette discussion. Elle sortit d'un pas léger, laissant Marie-Pierre à la mise en place des tapis de sol et à ses réflexions. Qu'attendait-on d'elle ? Comment une directrice digne de ce nom se devait-elle de réagir dans pareille situation ? Chloé Duvignac et Souleymane Diarra se trouvaient encore dans sa classe neuf mois plus tôt, elle les connaissait très bien, ainsi que leurs familles. Souleymane était le dernier d'une fratrie de quatre et ne recevait que peu d'attention. Chloé, de son côté, se remettait difficilement du divorce de ses parents. Marie-Pierre ressentait plus intensément encore qu'à l'habitude le poids colossal de ses responsabilités. Elle imaginait aisément les conséquences de ses actes. De sa description des faits, du choix des termes qu'elle effectuerait, l'inspectrice d'académie se ferait une opinion définitive et sauterait probablement sur l'occasion pour se mettre en évidence auprès de sa hiérarchie. La machine administrative serait alors lancée et les enfants irrémédiablement exposés. À l'inverse, déjuger Marjorie, ou même relativiser son témoignage, reviendrait à se mettre à dos toute l'équipe pédagogique, sans pour autant que ce puisse être justifié ou que cela n'influe sur l'issue finale du dossier. Dans ce contexte, il lui semblait urgent d'attendre. Les enjeux n'avaient rien d'anodin et Marie-Pierre souhaitait se donner le temps de la réflexion.

On disait souvent de Marjorie qu'elle était du genre bavarde, et c'était un fait qu'elle ne se taisait pas un instant. Par ailleurs, elle donnait l'impression d'aller et venir en permanence afin d'éviter de penser, comme tous ces gens chez qui l'agitation tient lieu de personnalité. Le midi, au réfectoire, elle revint donc à la charge et s'enquit auprès de Marie-Pierre de l'avancée de l'affaire, toute à sa joie d'inaugurer un nouveau feuilleton. Sa directrice lui répondit qu'elle n'avait pas réussi à joindre l'inspectrice, un peu plus tôt, durant la récréation, mais qu'elle lui avait laissé un message sur son répondeur. Il ne s'agissait là que d'une demi-vérité, Marie-Pierre s'étant permise de raccrocher dès la troisième sonnerie. Mais en argumentant de la sorte, personne ne pourrait la taxer de légèreté ou d'indolence. Ainsi, surtout, on lui ficherait la paix, pensait-elle. Pour la journée tout au moins.

Le soir venu et son fils parti (*squatter* chez un copain, lui avait-il confié par SMS), Marie-Pierre se replongea dans ses archives et passa de longues heures sur Internet. La directive RSHT provenait bien du ministère de la Transmission des Savoirs, du Respect des Cultures et des Valeurs de la République – le ministère de l'Éducation nationale, dont l'intitulé renvoyait à des concepts datés, paternalistes et autoritaires, avait été rebaptisé ainsi six mois plus tôt, ce qui constituait par ailleurs l'une des réformes majeures du gouvernement actuel – mais sa formulation s'avérait, comme souvent, nébuleuse. Sa mise en application relevait directement de la compétence du recteur d'académie, ce point était indiqué en toutes lettres. Chaque signalement effectué par un chef d'établissement remontait ainsi à l'inspection d'académie qui, en fonction des éléments recueillis, décidait d'engager la procédure et de soumettre l'enfant concerné aux différents questionnaires psychosociaux. Pour ce faire, il convenait toutefois d'obtenir, au préalable, le consentement « de la ou des personnes détenant l'autorité parentale » (dans les documents officiels on ne parlait plus de père ou de mère depuis quelque temps déjà). À l'issue de ces tests, nécessairement conduits par un professionnel désigné par l'inspection d'académie, l'enfant se verrait ensuite dirigé vers un « parcours thérapeutique et éducatif adapté ». De quoi s'agissait-il exactement ? Allait-on recourir à l'hypnose pour rééduquer les enfants, comme les réseaux sociaux l'avaient un temps évoqué ?

L'affaire semblait imprécise et le discours officiel volontairement ambigu, de sorte que Marie-Pierre se décida enfin à appeler l'inspectrice. Après un échange de près d'une heure, les deux femmes s'accordèrent sur le caractère symptomatique et exemplaire de l'altercation entre Chloé et Souleymane ainsi que sur la nécessité de convoquer les parents de la fillette dans le cadre de la phase préliminaire du dispositif, c'est-à-dire celle de recueil du consentement. Pour la suite, et notamment l'hypothèse d'imposer à l'enfant un « parcours thérapeutique et éducatif adapté », on verrait plus tard. Le rectorat trouverait bien une formule. La priorité pour l'inspectrice c'était d'agir, ou plutôt, comme le soupçonnait Marie-Pierre avec un brin de malice, de se soustraire par anticipation à l'éventuel reproche de n'avoir pas agi.

3

« Et qu'est-ce qui vous dit que ma fille, à ce moment-là, n'était pas victime de harcèlement sexuel de la part d'un prédateur machiste et précoce ? répondit Gilles en ricanant.

– Ce n'est pas le moment d'ironiser, Monsieur Duvignac. C'est grave ce qui s'est déroulé l'autre soir.

– Enfin, voyons ! Il ne s'agit que de propos de cours d'école entre deux enfants de cinq ans. Ça n'a rien de sérieux ou de grave. Vous savez, Madame, il y a encore une dizaine d'années, tout cela n'aurait eu aucune incidence. Ni vous ni moi ne l'aurions su et ces enfants ne s'en rappelleraient même plus aujourd'hui.

– Vous avez peut-être raison mais le monde a changé, Monsieur Duvignac. Le monde a changé…

– Dites-moi que vous ne le regrettez pas, grommela Gilles en scrutant les notes que prenait la directrice, assise en face de lui, afin de tenter de les déchiffrer.

– Ce n'est pas la question, Monsieur. Nous ne sommes pas ici pour discuter de nos opinions respectives ou du temps qui passe. Je dois exercer mes responsabilités et prendre en considération le signalement de ma collègue.

– Eh bien, faites donc… »

Courbé en avant, les coudes sur les genoux et le visage entre les mains, Gilles regardait par la fenêtre en soupirant bruyamment. Il souhaitait s'extraire de ce bureau exigu, comme de cette situation, au plus vite. Marie-Pierre, de son côté, feignait de traiter cet entretien comme s'il s'agissait d'une simple formalité administrative, sans le moindre enjeu pour quiconque. De temps en temps, afin de se donner une contenance, elle se mettait à ranger des papiers dans des chemises cartonnées ou s'affairait sur son vieil ordinateur de bureau, de marque Toshiba, qui fonctionnait encore sous Windows XP. C'était pourtant tout sauf un entretien anodin. Pour preuve, elle avait longuement préparé son discours et portait sa fameuse robe en lin, celle qui lui faisait des hanches plus fines et lui donnait un air plus professionnel. Quant au courriel de convocation qu'elle avait envoyé aux parents de Chloé la veille, il lui avait fallu près de deux heures pour le rédiger d'une manière satisfaisante. Gilles, quant à lui, portait sa tête et sa chemise de tous les jours. Les jours sans sa fille, ceux qui ne comptaient pas et durant lesquels il ne faisait aucun effort afin de paraître à son avantage.

« Vous savez, Monsieur Duvignac, je tiens à vous rassurer : il s'agit d'un simple outil de diagnostic. Tout ça s'inscrit dans le cadre d'un protocole précis. Conformément aux directives du ministère en pareil cas, le questionnaire Miller a simplement pour objectif de tester la disposition éducative à l'inclusivité chez les enfants non-racisés. Les enfants comme Chloé, en fin de compte.

– Je ne comprends rien à votre charabia. Expliquez-moi concrètement ce que cette... chose... va évaluer chez ma fille.

– J'allais y venir. Il s'agit d'un questionnaire relativement court, une quinzaine de questions, tout au plus. Il a été conçu par le docteur Kathryn Miller, la célèbre pédopsychiatre américaine. Vous en avez certainement entendu parler ?

– Pas du tout.

– Bon, ce n'est pas très important. L'objectif de ce test est de déterminer dans quelle mesure l'environnement éducatif de votre enfant est de nature à nuire à la conception chez elle d'une société plus ouverte et inclusive. Concrètement, il va chercher à déterminer si Chloé évolue bien dans un contexte familial où l'égalité des sexes et des caractères ethniques est valorisée.

La veille au soir et durant une partie de la nuit, Marie-Pierre avait étudié les dossiers de presse fournis par les associations défendant la généralisation du protocole Miller à l'ensemble des écoles maternelles et primaires partout dans le pays. Craignant de manquer d'assurance, elle avait visionné en boucle leurs vidéos explicatives au point d'en adopter, à son insu, la tonalité et le vocabulaire.

– C'est une plaisanterie, j'espère ?

– Pas du tout, Monsieur Duvignac, c'est très sérieux. Ce dispositif est déjà déployé dans de nombreux pays d'Europe, comme le Danemark, la Slovénie ou l'Espagne par exemple, et il vient tout juste d'être mis en œuvre en France où l'académie de Bordeaux démarre une phase de test... On en a beaucoup parlé à la télévision, je pensais que vous seriez au courant.

– Je ne regarde pas la télévision.

– Oui mais enfin... On en a parlé sur les réseaux sociaux aussi, vous savez.

– Je ne vais pas sur les réseaux sociaux.

– Bref, peu importe. En tout cas, sachez que le protocole est très simple et que vous n'avez plus qu'à donner votre accord, comme la maman de Chloé l'a déjà fait ce matin, afin que nous démarrions le processus et qu'un psychologue soit désigné pour conduire l'entretien.

– Ah, Juliette vous a déjà donné son accord ? Très bien ... Et si, moi, je refusais de signer ?

– C'est votre droit mais cela pourrait se retourner contre vous... La procédure prévoit en effet le recours à une injonction de justice, si jamais les deux parents ne donnent pas leur accord et qu'aucune solution n'est trouvée. En cas d'obstruction, un juge peut alors être désigné et décider, le cas échéant, que l'enfant soit retiré à la garde du ou des parents réfractaires. On pourrait même aller jusqu'à vous retirer l'autorité parentale pour maltraitance et défaut de soins. Avouez que ce serait dommage d'en arriver là...

Il ne la regardait pas, ses yeux fixaient une tache sur le sol. Le vieux linoléum, qui devait dater de la construction de l'école dans les années 1990, se trouvait un peu décoloré par endroits sous l'effet d'une usure naturelle et de l'emploi immodéré de détergents. Gilles détaillait ainsi une auréole jaunâtre, plus claire que le coloris beige d'origine, située au niveau de son pied gauche et dont la forme pouvait représenter le continent africain, à peu de choses près, ou alors une sorte de carafe à l'envers.

– Franchement, il n'y a aucune raison de vous inquiéter, Monsieur Duvignac. Dans le pire des cas, Chloé sera retenue le soir pendant quelques semaines pour des cours supplémentaires ou une séance de *coaching* mais c'est tout. Ce ne sera pas plus méchant que ça, a priori. À l'heure actuelle, on ne connait pas encore tous les détails du protocole de suivi mais à votre place je signerais, ça ne vous engage à rien. »

Marie-Pierre tentait en vain de déceler un début de réaction chez son interlocuteur. Le père de Chloé se murait dans une opposition passive et sourde. Afin d'essayer de le rassurer une dernière fois, elle lui demanda s'il souhaitait assister aux séances d'entretien du psychologue avec sa fille, c'était parfaitement son droit. Gilles resta muet. Son silence pouvait autant signifier qu'il s'agissait d'une évidence ou, au contraire, que ça lui était indifférent. Marie-Pierre n'insista pas. Elle comprit qu'il ne fallait pas brusquer les choses et proposa même de raccompagner Gilles jusqu'à la sortie de l'école. À l'extérieur, il faisait encore beau mais le temps s'apprêtait à changer. Il y avait quelque chose dans l'air de sirupeux, comme une moiteur un peu lourde. Tout en marchant devant lui, Marie-Pierre insistait sur le caractère bienveillant de l'approche, qu'il n'était nullement question de juger l'éducation de sa fille. Arrivé au portillon, Gilles lui sourit légèrement. C'était souvent sa seule réaction face à l'imprévu, il acquiesçait en souriant. Tout nouvel événement était en soi porteur de sens et méritait, selon lui, une longue phase d'analyse. En agissant ainsi, son cerveau souhaitait simplement gagner du temps.

Sur le chemin du retour, qui représentait tout de même une bonne demi-heure de marche, Gilles s'efforçait précisément d'analyser la situation. Sans que les mots n'aient jamais été prononcés, on l'accusait de racisme. On le soupçonnait d'avoir introduit dans la tête de sa fille des concepts identitaires et des discours de haine, des idées d'extrême droite en fin de compte. C'était probablement l'insulte la plus infamante qu'on ait pu lui adresser durant toute sa vie. Pire, on lui demandait désormais d'accepter cet état de fait, de reconnaître publiquement sa défaillance et de laisser un psychologue reprogrammer le cortex de son enfant. En outre, la directrice avait évoqué le recours à un juge des affaires familiales dans le cas où il refuserait de signer. Il se remémora alors sa seule rencontre avec ce type de magistrat, il s'en souvenait parfaitement, c'était au moment du divorce avec Juliette. Il s'agissait d'un jeune homme, tout juste diplômé pour sûr, et dont l'expérience des différends familiaux devait se résumer à un timide conflit avec papa au moment de choisir sa spécialité en dernière année de l'École Nationale de Magistrature.

« Qu'est-ce que vous faites, Monsieur Duvignac, la semaine où vous ne vous occupez pas de votre fille ? avait demandé le juge alors que Juliette venait de lui expliquer qu'ils avaient déjà mis en place, depuis leur séparation, une forme de garde partagée qui convenait à tout le monde.

– Je l'attends, avait répondu Gilles. Enfin je m'occupe, je médite sur la solitude, la mort ou les restes de mes amours passées. Je suis écrivain, vous savez. Alors ce n'est peut-être pas un vrai métier, je vous l'accorde volontiers, mais au moins ça me laisse du temps. »

Le jeune magistrat avait semblé déboussolé par cette franchise. On aurait dit qu'il ignorait que l'on puisse ainsi se proclamer écrivain, qu'il existait encore des gens comme ça, des auteurs anonymes qui ne passent pas dans les médias et espèrent tout de même vivre de leur plume. Le monde de Gilles devait lui paraître étrange. La simple évocation des termes « solitude » et « mort », dans le cadre impérieux d'une conversation formelle, avait eu l'air de le glacer.

Ce soir-là, Marie-Pierre rentrait une nouvelle fois harassée par une journée éprouvante faite de contraintes administratives, de hurlements d'enfants et d'emmerdements en tous genres. Il demeurait un point positif : la mère de Chloé avait signé sans sourciller et le père n'avait pas fait d'esclandre lors de sa convocation. C'était déjà un élément encourageant et parfaitement de nature à rassurer l'inspectrice, même si rien n'était gagné pour autant.

Comme d'habitude, elle se sentait seule, assise en tailleur sur le canapé du salon, à enchaîner les épisodes d'une nouvelle série de Netflix entre deux cigarettes cramées sur le balcon. Les restes du repas de Sofiane s'étalaient dans l'évier et sur le plan de travail de la cuisine. Depuis quelque temps, il ne l'attendait même plus pour dîner. Seule preuve vivante d'une époque où elle avait goûté la compagnie des hommes, son fils ne lui témoignait désormais plus aucune considération. Pour autant, elle ne lui en tenait pas rigueur. Sa présence à ses côtés, même sans chaleur, la rassurait tout de même et lui donnait une raison supplémentaire de se lever le matin. Mais il n'est nul besoin de vivre seul pour se trouver dans la nécessité d'aimer quelqu'un. En fait, c'était d'un peu d'écoute dont elle avait envie, voilà tout. Un regard complice posé sur elle, de temps en temps. Malgré quelques aventures, et parfois le rappel à son souvenir d'anciennes compagnes, elle se sentait le plus souvent isolée et triste. Même le souvenir du sentiment amoureux lui devenait étranger. Comme elle ne se plaignait jamais, Sofiane ne percevait rien du manque affectif de sa mère. Elle ne le blâmait pas, elle comprenait que c'était un garçon différent, qui ne s'exprimait pas facilement et masquait sa sensibilité. De toute façon, il était encore à un âge où l'on rapporte tout à soi-même... Pourtant, les gens avaient quelqu'un dans leur vie, se disait-elle. Enfin, beaucoup de gens en tout cas. Pourquoi pas elle ? Certes, aucune de ses relations récentes n'avait eu de lendemain, mais elle n'était pas obligée de s'engager sur une forme précise de compagnie. Une femme, un chien, un poisson rouge ou un homme, ça ne faisait pas une grande différence en somme. Se serait-elle sentie moins seule pour autant ? Plus vivante ? Rien n'était moins sûr. Elle pouvait essayer tout de même. Donner une chance à quelqu'un de l'accompagner et puis on verrait bien. Elle n'osait pas se l'avouer mais ça représentait une somme d'efforts pour elle. La perspective d'inévitables concessions aussi. Bref, c'était trop de contraintes et elle avait déjà assez de soucis comme ça. Sur ce point-là, comme sur d'autres, elle souhaitait encore procrastiner.

Au rectorat de l'académie de Bordeaux, on étudiait le dossier Duvignac-Diarra avec le plus grand intérêt. Depuis l'instauration du protocole RSHT quelques semaines plus tôt, seuls deux autres cas avaient fait l'objet de signalements. Le premier concernait une petite Antillaise, en cours préparatoire, qu'une camarade de classe avait surnommée « Caca au lait ». L'affaire, survenue dans une école maternelle sur le Bassin d'Arcachon, tardait à éclater car un doute subsistait à ce stade sur l'exactitude des termes employés. En effet, une auxiliaire de vie scolaire, présente sur les lieux, disait plutôt avoir compris « Cacao lait », mais sans pouvoir toutefois l'affirmer avec certitude. L'enseignante maintenait sa version et arguait qu'il y avait eu là, quels que furent les mots prononcés, une intolérable assignation de cet enfant à la couleur de sa peau. Le rectorat semblait ne pas considérer le cas suffisamment exemplaire et préférait temporiser. La seconde affaire s'était déroulée dans le Libournais. Un Franco-Algérien de quatre ans avait insulté une Guinéenne, la traitant de « guenon ». Ici, toute l'équipe pédagogique était formelle : les propos tenus s'étaient avérés d'une rare violence même si une partie d'entre eux, proférés en Arabe, lui avait échappée. Ce second cas s'avérait toutefois particulièrement délicat et peu propice à la médiatisation. Cette histoire, par son caractère pluriethnique et intersectionnel, mettait en effet le rectorat dans l'embarras, d'autant que le père du petit garçon n'avait pas l'air commode. Là aussi, on préférait prendre un peu de recul et ne pas se précipiter. Dans ce contexte épineux, l'affaire de la petite Chloé se présentait comme un cas exemplaire, prompt à justifier la mise en place rapide du protocole RSHT et de la campagne de communication qui l'accompagnerait. En coulisse, on préparait le terrain médiatique. Le recteur lui-même se tenait informé de l'avancée du dossier.

Quand l'inspectrice d'académie vint aux nouvelles le lendemain matin, Marie-Pierre lui annonça que tout se déroulait pour le mieux, qu'il ne manquait plus que la signature du père de Chloé et l'instruction serait close. L'homme avait bien fait part de quelques réticences mais l'idée ferait son chemin, à n'en pas douter. L'inspectrice, dubitative, souhaitait tout de même qu'elle insistât. Le ton de sa voix avait changé au bout du fil, elle se montrait plus autoritaire que lors de leur précédente conversation, quelques jours plus tôt. Elle attendait désormais davantage d'engagement de la part de Marie-Pierre, plus de pugnacité aussi. Le troisième trimestre étant déjà bien entamé, on se devait de boucler ce dossier « proprement mais le plus tôt possible ».

« Je comprends que vous souhaitiez aller vite mais il faut avoir conscience que nous touchons là aux convictions personnelles et aux valeurs des gens. Je dirais même à leur intimité… Ce genre de choses demande du tact et un minimum de temps… Monsieur Duvignac a eu le sentiment d'être jugé et a réagi de manière impulsive, ce que je conçois aisément. Il a besoin d'y réfléchir, au moins un petit moment.

– Bien sûr, répondit l'inspectrice, il faut éviter de stigmatiser les parents, surtout dans ces situations de séparation qui sont souvent conflictuelles. Ils doivent comprendre que nous ne sommes pas là pour les juger, qu'il ne nous appartient pas de déterminer dans quelle mesure l'un ou l'autre des parents a été *mal-éduquant*, mais d'instaurer les conditions d'une évolution positive du comportement de leur enfant. Écoutez, je ne vous demande surtout pas de forcer la main à cet homme… Mais le temps presse et les médias nous observent. Le ministère, comme l'opinion publique, ne comprendrait pas que nous n'allions pas jusqu'au bout de cette procédure. Nous comptons sur vous, Madame Hirigoyen. »

Soucieuse de rassurer son interlocutrice, l'inspectrice se fendit d'une confidence avant de raccrocher : la rumeur bruissait à l'académie que le recteur en personne souhaitait rendre une visite de courtoisie à l'école maternelle de Bordeaux Bastide, d'ici la fin de l'année scolaire, afin notamment d'évoquer les résultats encourageants de la mise en place du protocole RSHT. Il se murmurait même qu'il avait déjà obtenu, pour l'occasion, de se faire accompagner de Madame la Ministre.

4

Léontine n'aime personne. C'était en tout cas ce qui se murmurait au sein de la rédaction d'*Avenue Foch*. Un jugement péremptoire et excessif, estimait l'intéressée, même si elle se fichait bien de déplaire et n'accordait que peu d'importance à sa réputation de manière générale. Certes, elle n'était pas du genre à sourire sans raison, à soigner les politesses afin de plaire au plus grand nombre, mais elle se défendait de toute misanthropie. Elle pensait aux autres, bien évidemment. Son engagement associatif aux côtés des Petites Sœurs des Pauvres ou des Chrétiens d'Orient suffisait à le démontrer. D'ailleurs, si on persistait à lui coller cette image de petite bourgeoise hautaine et froide, c'était uniquement par jalousie. Sa longue chevelure rousse faisait de l'effet, disait-on. Son style percutant, contrastant avec un visage d'ange, lui valait, depuis peu, l'attention énamourée des chaînes d'information continue. Invitée régulièrement sur leurs plateaux, elle était devenue l'objet de railleries de la part de ses collègues de bureau. Les petites mains du « premier web-media catholique et conservateur » (comme il se définissait lui-même) reprochaient à la jeune journaliste d'édulcorer son discours pour passer à la télévision. Certains chuchotaient même en coulisses qu'elle « roulait pour le *mainstream* ».

Les individus, de manière générale, se forgent une vision du monde alors qu'ils deviennent adultes, ou plus exactement lorsqu'ils quittent l'enfance, entre quinze et vingt ans. Dès lors, ils n'ont de cesse de la confronter à tous types d'événements et de juger chaque manifestation de l'Univers, de la plus dérisoire à la plus spectaculaire, à travers une grille de lecture qu'ils pensent avoir façonnée. Puis arrive la trentaine, les convictions s'endurcissent et l'esprit critique s'éteint progressivement. La majorité des gens ne mettront plus leur structure idéologique en question, ils tiendront une vérité jusqu'à leur dernier jour. Léontine ne faisait pas exception. Malgré de brillantes études de lettres classiques à la Sorbonne et une culture générale sans cesse enrichie, la jeune femme s'obstinait à considérer la vie à travers les lunettes d'un système catholique et conservateur qu'elle avait hérité de ses parents. Davantage par loyauté, sans doute, que par malhonnêteté intellectuelle, elle se refusait encore à douter. À presque trente-deux ans, sa foi, ses valeurs et ses obstinations demeuraient inaltérables.

Comble du paradoxe, les locaux d'*Avenue Foch* ne se situaient pas dans le seizième arrondissement de Paris mais à Boulogne. Les jeunes fondateurs du quotidien en ligne avaient justifié ce choix par l'intérêt stratégique de se rapprocher des studios de télévision (la prise en compte du montant exorbitant des loyers parisiens n'étant pas non plus un motif à exclure). Dans ce qui constituait initialement un coquet appartement haussmannien, Léontine occupait seule un bureau de dix mètres carrés. Un privilège qu'elle devait moins à son titre honorifique de rédactrice en chef adjointe qu'à son impétuosité. Le jour où l'équipe avait emménagé, elle s'était en effet immédiatement attribué la pièce la plus lumineuse, celle dont la fenêtre donnait sur une jolie cour intérieure arborée, sans qu'un seul de ses huit collègues n'ait eu le temps de réagir ou le courage de lui tenir tête. Elle avait marqué son territoire, le jour même, par quelques touches d'une décoration toute personnelle. Face à son bureau, le portrait d'un groupe de « gueules cassées » en uniforme occupait un cadre imposant, d'un mètre de large au moins. Le regard de ces hommes sans visage glaçait le sang de ses collaborateurs et des rares visiteurs autorisés. Quand on l'interrogeait sur le choix curieux de cette photographie comme principal ornement de son espace de travail, la jeune femme prenait un ton grave. D'une part elle trouvait l'image bouleversante, et par ailleurs elle disait éprouver le besoin de ressentir en permanence l'attention de l'Histoire et le poids de ses responsabilités. Dans les moments de doute, confiait-elle, un simple coup d'œil à ces poilus en guenilles lui rappelait aussitôt le sens de son combat. Ce goût des affaires militaires prenait parfois des aspects plus légers. Ainsi, il n'était pas rare de l'entendre s'égosiller, seule dans son bureau, entonnant à tue-tête les paroles du *Régiment de Sambre et Meuse*, ses écouteurs vissés dans les oreilles.

D'extraction féodale, et même chevaleresque, la dynastie des Boisvilliers prenait sa source en Bretagne, du côté de Plouézec très précisément, une petite crique au nord de Saint Brieuc. Elle se perpétuait ainsi depuis le quatorzième siècle, fournissant à la France, au gré des générations, de nombreux officiers de cavalerie, une brochette de hauts fonctionnaires et quelques hommes d'église. Charles de Boisvilliers, le père de Léontine, s'était inscrit dans cette tradition familiale en s'engageant à exercer ses talents de juriste au service de l'État. Optant pour la carrière d'huissier, il avait quitté sa Bretagne natale pour reprendre une étude dans le Loiret et se rapprocher de Paris. En toute logique, Charles aurait dû, comme son père avant lui, donner à son tour à la glorieuse lignée des Boisvilliers une demi-douzaine de descendants, mais le sort en avait décidé autrement. En effet, le 28 septembre 1993, jour de la naissance de Léontine, la sœur cadette de Charles, prénommée Agathe, trouvait la mort dans un terrible accident de voiture. Alors qu'elle avait entrepris un long trajet autoroutier depuis sa résidence varoise pour venir embrasser sa nièce à la maternité d'Orleans, la jeune femme s'était endormie au volant, peu après l'échangeur de Bourges, juste avant de percuter un poids lourd situé devant elle et dont les freins avaient été actionnés brutalement. Son véhicule s'était ainsi retrouvé encastré dans la remorque et son corps intégralement broyé dans l'enchevêtrement de tôles. Toute sa vie, Charles en avait conservé intact le traumatisme. Était-ce alors par superstition qu'il n'avait plus souhaité d'autre enfant par la suite ? Peut-être. Plus probablement s'était-il soustrait de lui-même aux étreintes de son épouse, comme à toute autre forme de plaisir d'ailleurs, se sentant d'une certaine manière coupable de sa bonne santé et indigne d'être heureux. De ce drame si particulier de perdre une sœur le jour même de la naissance de son enfant, Charles de Boisvilliers ne parlait jamais. Pas plus à Léontine qu'à quiconque. Celle-ci, tout de même, n'avait pas eu besoin de mots pour ressentir la présence permanente de sa tante défunte et le surpoids que prenait, en conséquence, sa propre destinée. Elle avait compris très tôt qu'elle vivrait pour deux et que cette responsabilité l'obligerait à l'excellence. Cette anamnèse familiale, doublée du souci constant du regard de l'histoire, guidait Léontine depuis son plus jeune âge, inspirant chacune de ses initiatives.

Elle avait connu une enfance heureuse, malgré tout, entourée par des parents aimants. Sa position de fille unique, pas plus qu'un défaut d'insouciance, ne l'avait privée des plaisirs simples que l'on éprouve en grandissant à la campagne, au milieu des chevaux, des engins agricoles et des animaux de la ferme. Non, la seule frustration de jeunesse de Léontine, sa seule blessure narcissique, demeurait de n'avoir jamais été choisie pour interpréter Jeanne d'Arc lors des traditionnelles fêtes johanniques d'Orléans. Une forte myopie lui ayant imposé le port d'épaisses lunettes jusqu'à ses seize ans, elle n'avait su convaincre le jury du comité de sélection de passer outre l'anachronisme d'une binoclarde en armure. À l'époque, on ne badinait pas avec la précision des reconstitutions historiques et Léontine en avait été durement affectée. L'ironie du sort voulut que quelques années plus tard, sous la pression de certains élus, ces mêmes jurés aient opté pour une candidate franco-camerounaise et tout récemment même, par manque de volontaires, pour un petit garçon.

« Léontine, est-ce que je peux vous parler cinq minutes ? C'est au sujet de votre papier sur la GPA pour les couples non-binaires... Je ne vous dérange pas, j'espère ?

– Non, pas du tout. Entrez, Pierre-Marie, je vous en prie.

Sans un soupir ou l'once d'un mouvement d'humeur, la jeune journaliste ôta ses écouteurs et posa délicatement son téléphone portable sur ses genoux tandis que le petit homme en complet gris refermait avec précaution la porte du bureau derrière lui.

– Je viens de relire votre article, Léontine, et je dois dire qu'il est assez percutant. On perçoit bien toute l'ironie de ce type de situation et la détresse psychologique de ces pauvres bougres. Pour autant je me demande s'il ne faudrait pas le recentrer dans un contexte... hum... davantage sociologique. Entendons-nous bien. Ces gens-là sont cintrés et votre article le démontre de manière édifiante. Mais nos lecteurs sont déjà bien conscients de cet état de fait. Je crois que vous pourriez peut-être mettre davantage en perspective l'aspect menaçant de leurs revendications pour l'équilibre de nos enfants et de la société dans son ensemble.

– Je comprends tout à fait votre point de vue. Mais il me semble l'avoir déjà fait dans un précédent article, celui sur la polygamie je crois. Dans ce cas précis, je souhaitais simplement rebondir sur un fait d'actualité mais sans aller trop loin sur le fond du sujet.

Debout devant le bureau de Léontine, les mains jointes dans son dos, Pierre-Marie Durieu observait la jeune femme avec tendresse et admiration. Pleinement conscient du caractère honoraire de son poste de rédacteur en chef, il n'entendait pas recadrer la journaliste. Tout au plus espérait-il assouplir notablement la ligne éditoriale, lui appliquer cette onction de respectabilité pour laquelle les fondateurs d'*Avenue Foch* étaient venus le chercher. Ancien aide de camp de divers ministres sarkozystes, habitué des joutes officielles et des méandres du pouvoir, Durieu campait à soixante-huit ans le parfait homme de droite : un républicain bonhomme aux valeurs consensuelles, savant dosage de souverainisme et d'allégeance au libre-échange, de conservatisme et de laisser-faire.

– Eh bien c'est entendu, Léontine, nous le publierons tel quel. Pour le reste, j'attends avec impatience de lire la retranscription de votre entretien avec le Cardinal de Paris. Je reçois beaucoup de coups de fil à ce sujet, vous savez. Le moins que l'on puisse dire c'est que vous êtes attendue au tournant !

Durieu ponctua sa remarque d'un clin d'œil malicieux. Il souriait comme un enfant qui vient de réciter une histoire drôle et savoure son effet. Dès qu'il fut sorti du bureau, Léontine reprit son téléphone et chaussa ses écouteurs :

– Oui, excuse-moi, c'était mon rédac' chef. C'est d'accord pour ce soir, mais dis-lui bien que je ne pourrai pas vous rejoindre avant vingt heures trente. J'ai encore pas mal de temps à passer sur mon interview et je dois le rendre publiable pour demain. Je t'envoie un message dès que je suis prête. À tout à l'heure. »

La vie privée de Léontine obéissait aux mêmes principes de rigueur et d'organisation que sa vie professionnelle. C'est dire qu'il n'y avait guère de place pour un homme dans son existence, tout juste l'espace d'un strapontin derrière Dieu et son père. Pour autant, et même si beaucoup étaient tombés en route, les prétendants ne manquaient pas. Son compagnon du moment se prénommait Enguerrand et exerçait la profession un peu floue de producteur indépendant. Il organisait principalement des événements pour des artistes et des youtubeurs connus (surtout ceux qui se réclamaient de la « droite nationale » et que les grands médias rassemblaient sous le qualificatif lapidaire de « fachosphère »), il était un peu devenu leur agent artistique. D'ordinaire courtisée par les puissants et la proie favorite des vieux loups de la politique, une jeune et jolie journaliste comme Léontine n'était pas censée fréquenter les influenceurs ou les *people*. Il ne s'agissait pourtant pas d'un choix délibéré ou d'une coquetterie de sa part, elle n'était simplement pas conviée aux mondanités des cercles de pouvoir. De manière générale, ses détracteurs dans le petit monde du journalisme politique la trouvaient trop froide, trop distante. Ses collègues féminines disaient qu'elle n'était pas assez souriante pour être jolie ; les hommes, eux, en avaient peur. Tout cela importait peu. Hors des cénacles, Léontine se sentait plus à son aise. Le privé restait privé, elle n'avait pas à se cacher ou à se compromettre.

Quelques jours plus tôt, ils s'étaient disputés au sujet d'une nouvelle soirée à laquelle elle ne souhaitait pas se rendre. Il avait insisté au téléphone et elle lui avait raccroché au nez. Depuis, c'était silence radio. Ce matin-là, elle lui avait demandé de venir prendre un café en terrasse avant de démarrer sa journée et il avait ravalé sa fierté comme un cachet d'aspirine. Enguerrand n'était pas aussi beau qu'elle, son corps semblait trop long, mal proportionné. Au centre d'un visage blême et assez impersonnel, des paupières grises et bouffies retenaient deux prunelles sans vie. Ses cheveux noirs, plaqués en arrière, finissaient en bataille sur une nuque longue et raide, sans doute dans la recherche d'un aspect rebelle ou faussement négligé. Même son allure donnait l'impression d'un être inconsistant. Son charme, pourtant réel, se trouvait ailleurs : il avait de l'esprit. Ce qui plaisait surtout à Léontine c'était son humour grinçant, parfois même corrosif, et une solide culture littéraire. Il aimait débattre et attirer l'attention. C'est ainsi qu'il s'était fait remarquer, à ses débuts, sur les réseaux sociaux.

Feignant d'oublier qu'ils ne s'étaient pas vus, ou même parlé, durant plusieurs jours, Enguerrand l'avait embrassée franchement ce matin-là, d'un baiser qui se voulait aussi tendre qu'autoritaire. Après l'échange de quelques banalités sur la météo changeante et l'enlaidissement des rues de Paris, il avait avalé son espresso d'une traite et, se levant pour quitter la table, avait lâché négligemment : « On se croise online ce soir, de toute façon. Tu n'as pas oublié que tu étais invitée sur le *live* de Sophie, j'espère ? »

Léontine avait occulté cet événement au point qu'il lui fallut quelques secondes pour se figurer précisément ce dont il était question. Il voulait parler d'une jeune femme d'une vingtaine d'années, une vague amie d'Enguerrand, ou plutôt une sorte de collègue. Youtubeuse, instagrameuse et twitcheuse, Sophie assumait pleinement un rôle public d'influenceuse. L'étudiante en droit sondait en permanence les réseaux sociaux à la recherche de faits divers ou de rumeurs sordides prompts à faire réagir son auditoire, constitué pour l'essentiel de jeunes hommes blancs excités par sa plastique de poupée en silicone et acquis à une rhétorique simple aux accents patriotiques et identitaires. Tous les vendredis soir, depuis son duplex niçois, elle organisait un *talk-show* virtuel en direct. Sa popularité lui permettait d'y convoquer d'autres influenceurs connus ainsi que des figures des médias alternatifs et parfois même des personnalités politiques. Durant plus de deux heures, elle passait ainsi en revue l'actualité du Net avec ses invités, chacun étant prié de donner son avis sur d'éventuels complots ou de réagir au dernier buzz enflammant la toile. S'il s'agissait d'une première pour Léontine, son compagnon était un habitué de ce rendez-vous hebdomadaire. Figurant parmi les invités les plus virulents, Enguerrand intervenait régulièrement dans *Sophie kalash l'actu* sous le pseudonyme de Ramuz Bush. Il s'y faisait passer pour un journaliste d'une grande rédaction nationale, ce qui lui permettait de prendre la parole avec autorité, quel que soit le sujet abordé, en prétextant disposer d'informations seules connues des tenants du système.

La retranscription de l'interview du Cardinal de Paris s'avéra finalement plus longue et fastidieuse que prévu de sorte que ce ne fut que vers vingt et une heure que Léontine rejoignit la vidéo-conférence. Assise à son bureau dans des locaux déserts, elle s'était recoiffée à la hâte et avait pris soin d'ajuster l'inclinaison de l'écran de son ordinateur afin que la caméra ne la cadre pas plus bas que la ligne des épaules. Au moment où son visage s'afficha sur la fenêtre Youtube au sein d'une petite vignette, Enguerrand (ou plutôt Ramuz Bush) s'interrompit en pleine tirade pour saluer l'irruption de la journaliste.

« Salut Léontine, il ne manquait plus que toi !

– Bonsoir Eng... Euh, bonsoir Ramuz Bush et bonsoir à tous. Veuillez m'excuser pour mon retard.

– Bonsoir Léontine et bienvenue sur *Sophie kalash l'actu* ! reprit l'animatrice avec un enthousiasme sincère. Comme c'est ta première fois avec nous, je vais te présenter rapidement, même si nos abonnés te connaissent déjà, j'en suis sûre. Alors voilà, tu es Léontine de Boisvilliers, journaliste sur le média conservateur *Avenue Foch*. On te voit beaucoup sur les chaines infos aussi. Les gens se souviennent que tu en avais mis plein la gueule au ministre de l'Intérieur lors d'un débat télévisé l'année dernière. Je t'avoue qu'on m'en parle encore aujourd'hui et que rien que pour ça je suis contente de t'avoir sur le *live* ! Bon, on était en train de parler du bus incendié à Lyon. Tu as dû voir les images toi aussi, avec ces passagers qui sortent en feu en hurlant... Ça t'a fait quoi de voir ça ? Ça t'inspire quoi ce délire ? »

Prise au dépourvu, Léontine eut à peine le temps de balbutier quelques banalités sur la violence quotidienne et l'apathie des pouvoirs publics avant d'être brutalement interrompue par Martel-Serre-Dents, l'un des sept autres intervenants de l'émission. Le célèbre youtubeur poitevin, visiblement ému par le sujet, souhaitait désigner, dans ce drame, le rôle central de l'immigration de masse mais aussi la responsabilité de la justice et le silence des médias. Il établit aussitôt un parallèle avec une histoire qu'un de ses abonnés venait de lui relater : à Bordeaux, une petite fille de cinq ans, accusée d'avoir proféré des insultes racistes, se trouvait contrainte par l'école publique à un traitement psychiatrique en vue de la rééduquer. C'est alors qu'une autre invitée, enseignante par ailleurs, le contredit aussitôt sur les termes utilisés ainsi que sur l'objectif visé par le protocole thérapeutique en question. Le débat s'envenima et Sophie ne parvint finalement à reprendre la parole (et le contrôle du programme) qu'en coupant le micro de ses invités et en désignant le Président de la République comme le principal instigateur de ce climat de tension.

L'émission terminée, Léontine, cotonneuse, demeura pensive un long moment. Assise à son bureau, la tête entre les mains, elle tentait de dresser un bilan de cette étrange soirée. Elle eut, de prime abord, le sentiment désagréable qu'Enguerrand l'avait piégée ou tout au moins qu'il ne l'avait pas prévenue de l'impolitesse et de la médiocrité des participants. Elle regretta d'avoir manqué de hauteur de vue, d'autorité aussi, durant le débat. Elle pensa qu'elle aurait mieux fait de ne pas se laisser aller, comme les autres, à certains commentaires tranchés à propos de faits ou de thèses qu'elle ne maîtrisait pas. Elle se dit enfin que l'histoire de cette gamine, à Bordeaux, pouvait constituer un bon sujet d'enquête.

5

« Je viens de jeter un œil sur les deux chapitres que tu m'as envoyé hier. Eh ben, putain... On dirait du Robbe-Grillet sous Prozac, c'est chiant à mourir. On ne comprend rien. Je suis désolée de te dire ça, hein... Mais là on passe d'une bluette mollassonne, pleurnichant sur de vieilles amours insipides, au récit ampoulé de collations verbeuses entre intellectuels de gauche. Franchement, y a pas grand-chose de bandant là-dedans. »

La voix d'Anne, plus éraillée encore qu'à l'accoutumée, claquait comme un fouet ce matin-là. Même si Gilles souhaitait d'ordinaire qu'elle le laisse tranquille, son éditrice tenait à l'appeler régulièrement. Elle lui passait un coup de fil presque chaque semaine, dans le but de prendre de ses nouvelles mais surtout juger de l'avancée des projets en cours. Car Gilles ne travaillait pas précisément sur un roman, ou un texte en particulier, mais sur plusieurs « projets en cours » comme il se plaisait à les dénommer et au sujet desquels il demeurait en permanence évasif. C'était ce flou artistique, le mystère qu'il entretenait autour de sa réelle production, qui préoccupait Anne Blanchet-Dugain (fille du célèbre éditeur Antoine Blanchet-Dugain et elle-même directrice de publication des éditions Blanchet-Dugain), la plaçant dans le rôle ingrat du contremaître. Une inquiétude légitime tant les ventes de Gilles se tassaient depuis quelques années. Son dernier essai, certes exigeant, consacré à la jeunesse d'Hannah Arendt et sa relation passionnelle avec Martin Heidegger, s'était à peine écoulé à trois mille huit cents exemplaires. Un demi-échec selon Gilles, un vrai bide soutenait son éditrice. Même si une traduction en allemand était envisagée à la prochaine rentrée, il ne fallait pas s'attendre à un miracle. Usant du prétexte que les actionnaires lui demandaient des comptes, Anne avait réussi la veille à obtenir deux chapitres du roman biographique que Gilles souhaitait consacrer à la rencontre entre Andreï Tarkovski et celle qui deviendrait sa seconde épouse, Larissa Egorkina, sur le tournage à Moscou du film *Le Miroir*. Dès les premières lignes, le cinéaste y était dépeint comme un poète lunaire, hanté par son défunt père au point que ce dernier lui apparaissait durant son sommeil, la veille des prises de vue, afin de lui dicter le scénario du lendemain. Anne ne comptait pas parmi les adeptes de Tarkovski – elle jugeait son œuvre surfaite – mais ce choix lui semblait surtout trop élitiste. Les blessures d'enfance du réalisateur de *Stalker* et son âme torturée d'artiste slave en faisait pourtant un sujet passionnant, avait soutenu Gilles. Il avait promis par ailleurs qu'il y mettrait du suspense, une belle histoire d'amour et de la légèreté aussi ; cette fameuse légèreté qui lui faisait tant défaut désormais. Pourtant ce bout de roman, pas plus que les autres, ne semblait à l'évidence susciter l'enthousiasme de son éditrice... La déception le laissait sans voix depuis de longues secondes quand, au bout du fil, Anne rompit le silence :

« Et ton idée d'uchronie sur la mort de la fille ainée de Victor Hugo, c'en est où ? J'aimais bien le concept d'imaginer ce que serait devenue l'œuvre de son père, et même toute la politique française et le sort du Second Empire, si elle ne s'était pas noyée.

– Bof... J'ai du mal à avancer. Tu sais, j'ai moi-même des problèmes avec ma fille, alors... Enfin, j'ai des problèmes, disons plutôt qu'on s'efforce de m'en créer. La directrice de l'école maternelle m'a convoqué l'autre jour pour me traiter de facho, de père indigne et me faire signer une décharge leur permettant de soumettre Chloé à des tests psychologiques. Comme j'ai refusé, ils m'ont envoyé une convocation chez le juge. D'ici là, je n'ai pas le droit de voir ma fille, c'est écrit en toutes lettres. Sa mère aura la garde exclusive tant que je ne me plierai pas à leur volonté. Et si je ne me rends pas à cette convocation chez le juge, ils pourraient même me retirer l'autorité parentale. Rien de moins.

– Hein ? Mais c'est dingue cette histoire... Et la mère de ta fille, justement, qu'est-ce qu'elle en dit ? Elle n'a pas essayé de te défendre ?

– Je l'ai eu au téléphone hier. Elle me dit qu'elle a d'autres soucis, que son père vient d'être hospitalisé, enfin je comprends sa situation... Elle ne veut pas s'opposer à une décision de justice ni au personnel de l'école. Elle me dit de signer ce fichu papier et que tout rentrera dans l'ordre. Dans son idée, Chloé aura simplement droit à une leçon de morale, un peu d'instruction civique en cours du soir. Elle ne se rend pas compte de la gravité de cette mesure... Ils veulent rééduquer les gosses maintenant, tu imagines un peu ? Il y a de quoi devenir fou ! Enfin voilà, ça m'a beaucoup perturbé ces derniers jours. J'ai dû pondre cinq mille signes cette semaine, de quoi remplir deux pages peut-être, et encore...

Il n'exagérait pas. La situation de Chloé dressait un mur entre lui et le monde, le rendant imperméable à toute forme de créativité ou d'imagination et, pour ainsi dire, presque incapable d'écrire. Anne soupira ostensiblement. Si elle se plaignait souvent de la lenteur de son protégé, ces temps-ci Gilles battait des records. De manière générale, elle évitait d'en parler et se gardait même d'évoquer le terme productiviste de « feuillet », tant il se considérait avant tout comme un artisan. Un artisan d'art et de précision. Au même titre qu'un horloger ou un moine copiste, Gilles souhaitait ménager ses efforts, ne prendre la plume que lorsque le moment s'y prêtait. Il disait rechercher la pureté du style plutôt que le rendement. « Pourquoi s'acharner à noircir un papier qui en dit tellement plus quand il est blanc ? » répétait-il à l'envi. Anne le reprenait alors systématiquement, lui rappelant que seules les tâches noires sur le papier expliquaient le rapport d'un à mille entre le prix d'une ramette vierge et le montant de son à-valoir.

– Je ne cherche pas d'excuse, Anne, tu me connais. Mais franchement c'est difficile d'écrire dans ces conditions. Ça touche à ton être profond, à tes tripes, tu vois ? Non, bien sûr, tu ne vois pas. De toute façon, je ne sais pas pourquoi je te raconte tout ça. Tu n'as pas d'enfant, tu ne peux pas comprendre.

– Détrompe-toi mon grand, mes deux ex-maris ont passé la soixantaine et pourtant ce sont autant de gosses dont je continue de m'occuper alors que je ne suis plus censée en assumer la charge... Écoute Gilles, ça passera, comme le reste. Tu sais ce que Bukowski disait : les chiens ont des puces et les hommes des emmerdes. Voilà. Aujourd'hui tu penses être confronté à des problèmes insurmontables mais cette affaire finira bien par se dénouer et tout rentrera dans l'ordre. Tu verras. Et puis, force-toi à écrire un peu plus, ça te changera les idées, j'en suis sûre. N'oublie pas que j'attends un manuscrit sur mon bureau avant le trente juin. »

Gilles aimait à se souvenir de sa rencontre avec Anne, douze ans plus tôt, et de leur première discussion dans ce minuscule bureau qui collait mal à son image d'éditrice renommée et dont les quelques efforts de décoration s'avéraient anéantis par les piles de manuscrits et la présence, aussi saugrenue qu'oppressante, d'un imposant arbre à chat. Pour lui plaire, il s'était efforcé de sourire mais n'avait pu masquer une profonde fatigue. Elle n'avait pas eu l'air surpris, à première vue, de se retrouver face à un professeur insatisfait et dolent.

« La majorité des écrivains aujourd'hui sont des enseignants, lui avait-elle lancé. C'est comme ça, c'est un fait. Pour écrire il faut du temps et les profs n'en manquent pas. Le problème c'est qu'ils n'ont, la plupart du temps, rien à dire. En tout cas, rien de neuf. Je ne dis pas ça contre vous, Gilles, vous n'y êtes pour rien, mais voilà, les grands auteurs naissent généralement dans l'incertitude et l'inconfort, ou même durant les périodes de guerre, pas entre deux manifs pour la revalorisation du point d'indice... L'éducation nationale est une micro-société à part. Elle est un peu coupée du monde, reconnaissez-le. On peut y faire toute sa carrière sans réellement apprendre grand-chose de la condition humaine. Or, comme disait Céline, il faut avoir payé pour écrire, au sens où il faut avoir vécu, sinon ça sonne faux. »

À ce moment précis de son existence, Gilles semblait douter de tout. Il s'interrogeait sur son avenir et sur sa vocation d'enseignant. Son seul souhait à cette époque, la seule de ses aspirations dont il était certain qu'elle puisse durer, c'était d'écrire. Il s'en était ouvert à Anne. Sans pour autant avoir l'air de quémander un juteux contrat, il lui avait confié chercher une solution afin de se consacrer davantage à ses textes, hésitant entre une démission incertaine et la possibilité d'une rassurante mise en disponibilité pour quelques mois.

« Vous avez du talent, Gilles, mais ce n'est pas suffisant. La littérature exige, vous savez, elle finit par prendre toute la place. Très souvent, elle isole. Parfois, plus rarement, elle s'efface d'elle-même... Mais une chose est sûre, il n'existe pas d'écrivain en dilettante, griffonnant comme ça vient, par intermittence, au gré de son temps libre ou pendant les vacances scolaires. Soit ça ne vaut rien, soit ça ne dure pas. »

À l'époque, ces propos avaient déclenché chez Gilles une véritable prise de conscience. Il ne souhaitait pas seulement écrire, il voulait en faire son métier. En outre, le seul fait de cette rencontre représentait déjà un authentique accomplissement qui venait couronner d'un succès d'estime la parution confidentielle de son premier ouvrage. Intitulé « Fais tes valises, on rentre à Paris ! », il s'agissait d'une biographie largement romancée (et volontiers sarcastique) de Liliane Marchais, l'épouse de l'emblématique secrétaire national du Parti Communiste Français dans les années soixante-dix. Salué par la critique réactionnaire, comme d'ailleurs par une partie de la nouvelle gauche qui y voyait une saillie contre le patriarcat, le livre s'était correctement vendu et avait su attirer l'attention d'éditeurs prestigieux, celle d'Anne Blanchet-Dugain en particulier. Conforté par cette entrevue au cours de laquelle son talent et son originalité avaient été flattés, Gilles s'était finalement mis en disponibilité de l'éducation nationale afin de tenter de poursuivre une carrière d'écrivain. Pour combien de temps ? Aussi longtemps que possible, avait-il sèchement répondu à Juliette. Il pousserait l'aventure aussi loin que la bonne fortune et son talent le porteraient. Ils venaient de se rencontrer et fantasmaient encore leur avenir en commun. Elle avait donné son accord mais sans vraiment comprendre.

Même si elle n'avait duré que quelques années, neuf très exactement, sa carrière d'enseignant du second degré au sein de l'académie de Bordeaux l'avait profondément marqué. Pour son premier poste de professeur de français, Gilles s'était vu affecté à un lycée de Mérignac, dans la proche banlieue bordelaise, à deux pas de l'aéroport. Un lycée sans histoire, lui avait-on dit, pas vraiment un quartier huppé mais pas la zone non plus. Plutôt la France des classes moyennes, celle des hypermarchés et des pavillons anonymes. Celle de son ami Philippe et de beaucoup d'autres. Pendant toutes ces années, il avait tenté d'éveiller chez ses élèves un début d'intérêt pour la littérature, mais en pure perte. Il s'était époumoné en vain sur son estrade, s'efforçant de donner vie à Ruy Blas ou à Jacques le Fataliste mais rien n'avait semblé les atteindre. Comme si une vitre en plexiglass les séparait et qu'aucun mot sorti de sa bouche ne pouvait leur parvenir, ils l'avaient vaguement observé d'un œil torve et innocent. À l'âge où Rimbaud écrivait ses poèmes en latin, ces jeunes gens ignoraient tout de la langue française, de l'histoire et des Lettres. Ils n'en éprouvaient aucun regret, ni aucune honte. Les plus érudits avaient difficilement terminé le premier tome des aventures d'Harry Potter.

Durant trois ans, des troupeaux d'illettrés satisfaits s'étaient ainsi succédé dans sa salle de classe toutes les cinquante minutes sans qu'il n'ait jamais pu éprouver le moindre plaisir de transmettre un savoir ou la moindre satisfaction à recueillir un sourire complice. Après dix-huit heures de cours hebdomadaires, soit une trentaine d'heures de travail au total si l'on comptait les corvées de correction de copies ainsi que les sempiternelles réunions parents-professeurs, Gilles terminait ses semaines exténué. Il retrouvait alors Kundera, Gracq ou Faulkner, le temps de s'évader un peu d'une misère intellectuelle et culturelle dans laquelle, pensait-il, la société tout entière comptait progressivement le faire sombrer. Qu'est-ce qui l'avait donc poussé, chaque lundi à huit heures, à repartir au front d'une guerre perdue d'avance ? Il l'ignorait. Peut-être trouvait-il dans cet engagement quasi-sacerdotal une raison de se lever le matin. Au collège, on l'attendait et on exigeait de lui une ponctualité exemplaire ainsi qu'un niveau constant et élevé de performance. Impossible de se défiler, de somnoler ou de se plaindre. Les adolescents forment un public certes ingrat mais exigeant. En 2010, Gilles avait demandé sa mutation dans un lycée professionnel très bien noté. Des gosses plus âgés et déjà abîmés par la vie. Aussi peu instruits que les élèves de filière générale, ils se montraient plus curieux et moins impertinents. Ils avaient surtout compris le sens de leur présence en cours.

La véritable fracture s'était produite en 2015 au lendemain de l'attentat contre Charlie Hebdo, Gilles s'en souvenait très bien. On lui avait demandé, comme à tous les professeurs, d'exalter les valeurs républicaines, le *vivre-ensemble* et la liberté d'expression dont le journal satirique était soudainement devenu l'étendard. Les élèves, eux aussi, devaient comprendre qu'ils se trouvaient désormais devant un choix dichotomique : se proclamer « Charlie » ou rejoindre le clan des barbares. Gilles, pour la première fois, s'était senti à l'écart des revendications de ses collègues. Bien sûr, il avait été choqué par ces événements atroces. Lui aussi était un lecteur occasionnel de Charlie Hebdo, dont quelques exemplaires traînaient en permanence dans la salle des professeurs. Les couvertures vachardes de Cabu et les petites scénettes du quotidien brossées par Charb avaient sa préférence.

Ni laïcard ni pleutre, il s'était pourtant senti piégé par une émotion nationale en mal de bouc-émissaires. Juliette l'avait soutenu et même encouragé lorsqu'il s'était mis en disponibilité, quelques mois plus tard, pour se consacrer entièrement à l'écriture. Malgré un manque à gagner financier, davantage que le manque tout court de ne plus enseigner, Gilles n'avait jamais regretté ce choix. Au point que le 16 octobre 2020, lorsqu'un professeur d'histoire-géographie avait été sauvagement assassiné et décapité en pleine rue à Conflans-Sainte-Honorine, il avait aussitôt rédigé sa lettre de démission. C'était certain cette fois, il n'y retournerait plus.

Gilles s'était couché de bonne heure ce soir-là, espérant retrouver le calme et l'inspiration à la faveur d'une longue nuit réparatrice. Deux heures plus tard, il ruminait encore les paroles de la directrice et les termes sentencieux du courrier lui signifiant sa convocation chez le juge en raison de « refus de soin répétés » qui contribueraient à la « mise en danger de l'enfant ». Dans ces conditions, trouver le sommeil s'avérait impossible. Rien n'était à sa place. Que ce soient les bruits de la maison, les ombres au plafond ou l'odeur des draps, rien n'allait. Le portable, qu'il laissait sur la table de chevet afin de pouvoir répondre si Juliette l'appelait au sujet de Chloé et qu'il dût, pour Dieu sait quelle raison, se rendre d'un saut chez elle, au commissariat de police, à l'hôpital ou à l'autre bout du monde, le portable donc se mit à vibrer. Gilles se hissa sur un coude et saisit l'appareil. L'écran indiquait vingt-trois heures trente-deux et affichait un numéro inconnu, de sorte qu'il ne pouvait s'agir que d'une erreur ou d'une urgence. Dans le doute, il décrocha, la gorge nouée. Son « allo » sonna comme le dernier râle d'un moribond.

« Oh, excusez-moi... Vous êtes Monsieur Duvignac ? Gilles Duvignac, le père de Chloé ?

– Oui, c'est moi. Que se passe-t-il ?

Gilles s'était brusquement redressé, prêt à bondir du lit. Son rythme cardiaque s'accélérait, il ressentait même comme des palpitations dans la poitrine.

– Je suis vraiment navrée, Monsieur Duvignac, il est tard. Je pensais tomber sur votre répondeur et laisser un message... Voilà, je m'appelle Léontine de Boisvilliers, je suis journaliste pour le web-media *Avenue Foch*. C'est à propos de ce qui est arrivé à votre fille à l'école, de ces tests psychologiques qu'on lui demande de passer et des pressions que l'on exerce sur vous. Il se trouve que je compte me rendre à Bordeaux en fin de semaine pour mener ma propre enquête sur cette affaire et je me demandais si vous seriez d'accord pour me rencontrer et me livrer votre témoignage... On lit beaucoup de choses sur les réseaux sociaux, vous savez. Le mieux dans ces cas-là c'est encore de parler et de s'expliquer devant tout le monde. Sinon les gens le font à votre place.

– Vous travaillez pour quel journal, dites-vous ?

– *Avenue Foch*, c'est à la fois un site d'information et une chaîne Youtube... Vous ne connaissez pas ?

– Non, désolé, ça ne me dit rien. Mais je m'intéresse peu aux médias... Pardonnez-moi, mais qui vous a donné mon numéro ?

– Je ne préfère pas dévoiler mes sources. Disons que c'est le résultat de mon travail de journaliste. Vous savez, avec un peu d'effort et d'imagination, on peut tout obtenir, lâcha Léontine sur un ton mi-rieur mi-charmeur qui ne parvint même pas à fendiller la glace.

– Très bien, comme vous voulez. Pourquoi vous être donné tout ce mal pour me joindre, alors ? Qu'est-ce qui vous intéresse dans ce qui m'arrive ? Si le but c'est de me faire passer pour un facho, je vous préviens, vous allez être reçue.

– Non, au contraire. Ce qui m'intéresse c'est justement la judiciarisation insensée de cette histoire. Le fait qu'une dispute de cours d'école donne lieu à une telle procédure me paraît inconcevable. Sur *Avenue Foch*, nous dénonçons quotidiennement tous ces abus d'autorité, qu'ils surviennent dans un contexte professionnel, éducatif ou sanitaire. Nous pointons l'acharnement de l'État contre les Français ordinaires et son laxisme envers les criminels.

– Hum, je vois... En clair, vous êtes de droite.

– Nous sommes un média conservateur et catholique. Donc plutôt classé à droite, en effet.

– Eh bien, je préfère ne pas vous parler. Au revoir, Madame.

– Attendez, écoutez-moi, je vous en prie... Pourquoi réagissez-vous de la sorte ? Vous l'avez dit vous-même, vous ne connaissez pas notre média.

– Mais parce que je vous vois venir, hein... Si je vous raconte ce qui s'est passé, ce sera encore un moyen pour vous d'en remettre une couche sur le grand remplacement ou la déliquescence de l'école publique. Je les connais vos lubies, croyez-moi.

– Vous vous trompez, je ne travaille pas comme ça. Dans ce type d'enquête, je m'efforce de rester au plus proche des faits, sans considération idéologique, ou le moins possible. D'ailleurs, si vous acceptez de répondre à mes questions, je m'engage à ne rien couper de l'entretien. Si vous le souhaitez, je pourrais modifier votre prénom ainsi que celui de votre fille au sein de l'article. Vous aurez même la possibilité de le relire avant sa diffusion... Alors, qu'en dites-vous ?

– J'en dis qu'il est tard et que je n'aime pas qu'on me force la main. Je vais y réfléchir, Madame, et je vous tiendrai au courant de ma décision.

– Vous pouvez m'appeler Léontine, ou Mademoiselle si vous préférez.

– Très bien. Bonne nuit, Mademoiselle. »

Gilles, en raccrochant, projeta le téléphone à terre, de contrariété et de dépit. Cette histoire prenait des proportions insensées. Comme il peinait à retrouver ses esprits, la colère et l'angoisse se muèrent peu à peu en sanglots. Ce fut alors qu'entre ses propres pleurs, il crut percevoir comme un couinement timide. Intriguée par le bruit, Mirabelle venait de pousser la porte de la chambre et de sauter sur le lit. Elle vint aussitôt se blottir contre lui. Son ronronnement et la douceur de son épais pelage gris l'apaisèrent un instant. Bien qu'il se refusait à user de somnifères ou de barbituriques, Gilles conservait en permanence dans le dernier tiroir de sa commode un flacon de sirop pour la toux dont le potentiel anesthésiant et sédatif se trouvait mentionné sur l'emballage, en tête de liste des effets secondaires indésirables. Il décida d'en absorber trois pleines gorgées, espérant un évanouissement qui ne survint pas. Cela faisait presque une heure qu'il fixait le plafond quand, à bout de nerfs et de forces, il perdit enfin conscience. Cette nuit-là comme les autres, il dormit profondément, d'un sommeil lourd et sans rêve. Six heures plus tard, c'était un autre réveil, un énième recommencement. La promesse renouvelée d'une journée éprouvante.

6

Ce jeudi-là s'annonçait pâle et cotonneux. Pas vraiment humide mais un temps qui semblait dire que les barbecues n'étaient pas encore de saison. Depuis vingt ans, Philippe vivait et travaillait en périphérie de la ville, non loin du vignoble médocain, dans une zone à la fois industrielle et pavillonnaire située à une trentaine de kilomètres au nord de Bordeaux. Sa femme et ses deux enfants, tout comme lui, ne se rendaient que très rarement à la ville. Ingénieur dans une grande entreprise aéronautique, il passait ses journées en chemisette au sein d'un immense site de production employant près de trois mille salariés. Son équipe concevait en grande partie les tuyères des réacteurs d'Airbus, mais Gilles évitait de lui poser trop de questions à ce sujet, non par désintérêt pour cette activité mais parce que Philippe se lançait alors dans de longues et fastidieuses explications au cours desquelles il finissait immanquablement par perdre son auditoire et, plus encore, sa fantaisie. Car c'était tout le charme de ce petit bonhomme rond et doux que de distiller en permanence autour de lui un parfum de légèreté et une joie communicative. Gilles aimait à y puiser des réserves d'optimisme, il considérait leur différence de tempérament comme un trésor inexhaustible et le fondement même d'une amitié qui remontait à l'adolescence.

La villa aux murs safran, semblable à toutes ses voisines, dissimulait partiellement un jardin tropical, à la composition incertaine, au beau milieu duquel se logeait une piscine en forme de haricot. Sur un côté, l'imposant Renault Scénic de Philippe dormait sous une sorte de carport anthracite. Un bouddha géant en terre cuite accueillait les visiteurs à l'entrée. À peine arrivé, Gilles fut aussitôt assailli d'amabilités. Tandis que les enfants se pendaient à son cou en riant, Caroline le débarrassa de son manteau. L'épouse de Philippe lui témoignait depuis toujours une discrète mais sincère affection. Elle se souvenait qu'il avait été l'un des rares visages, hormis ceux de sa famille au Cambodge, à avoir accueilli d'un large sourire l'annonce de sa surprenante union avec un homme chauve et trapu, de seize ans son aîné. La maison comprenait cinq pièces. La première, qui constituait l'entrée, donnait sur un immense salon et une cuisine ouverte, dans un style très moderne. À part de rares portraits de famille, tout était impersonnel. Des murs nus, peu de bibelots et du carrelage partout. Comme souvent, Gilles était en retard. Une douzaine de convives, des collègues de Philippe pour l'essentiel, se tenaient debout au beau milieu de la pièce, un verre à la main et quelque chose de naïf, de satisfait sur le visage. Bien que de tempérament solitaire, Gilles conservait un certain goût pour les rassemblements sociaux. Il aimait à rencontrer de nouvelles têtes. Les séances de dédicaces, en particulier, lui procuraient des moments de joie et de fierté intenses. Cette fois pourtant il avait toutes les peines du monde à aller vers les gens. Il connaissait pourtant la plupart de ces visages, Philippe invitait toujours les mêmes. Mais un truc coinçait et l'empêchait de sourire. Il en restait aux salutations faussement chaleureuses et aux comment-ça-va. Du reste, ils allaient tous bien depuis la dernière fois. Les enfants grandissaient et ça leur filait un coup de vieux, mais enfin c'était dans l'ordre des choses, il n'y avait pas lieu de se plaindre. Certains avaient vendu un appartement, d'autres avaient acheté une voiture ou une véranda. Tous semblaient mener des existences remplies.

« Ah, mon Gillou ! Te voilà finalement, ça me fait plaisir ! » Philippe revenait du jardin en portant à bout de bras un plat ovale en inox garni de saucisses pimentées et de petits chorizos basques qu'il venait de faire cuire au barbecue. Sa tête, aussi ronde et rouge qu'une pomme d'amour, luisait de transpiration et de fierté. De sa main libre, il empoigna la nuque de Gilles afin de l'embrasser, ou plutôt de lui asséner trois bises comme il était de coutume dans la région il y a quelques années encore. Les deux amis prenaient visiblement plaisir à se retrouver, ça se voyait dans leurs gestes et leurs sourires complices. À son âge, malgré quelques rides et de longs cheveux gris, Gilles n'avait toujours pas l'air d'un homme mûr. Il ne l'aurait sans doute jamais, du reste, c'était dans sa nature. Son éditrice ne s'en plaignait pas, elle trouvait que ça lui donnait un genre particulier qui collait bien à son style littéraire. Ça laissait percevoir un côté « dandy repenti », ce qui avait permis à Anne, dans le cadre feutré des réceptions germanopratines, de le présenter à ses débuts comme une espèce de Beigbeder imberbe. À l'inverse, Philippe portait fièrement ses quarante-sept années. Cette sérénité face au temps qui passe lui conférait une posture assumée et détendue de patriarche qu'une chemise à rayures *Serge Blanco*, un pantalon à pinces et des mocassins usés venaient souligner davantage. Quelques présentations furent faites, puis Philippe invita tout le monde à passer à table, tandis que Caroline, seule sur la terrasse, terminait à la hâte de dresser le couvert.

Le repas se déroula conformément à ce qui est attendu dans ce type de situations, supposées festives, rassemblant des gens qui se méprisent ou qui ne se connaissent pas. Dans l'ensemble, rien n'était dit. On passait d'un sujet à l'autre en enjambant la réflexion. Les plats, eux aussi, défilaient indifféremment. Bientôt, tout le monde était saoul, de grands crus classés et de paroles vides. Dans son coin, Gilles percevait les bruits et les voix mais tout lui semblait lointain, indistinct et sourd. C'était un peu comme s'il observait la scène depuis le fond de la piscine. Apparemment personne n'était au courant pour Chloé et il pensa que c'était très bien ainsi. Les gens n'auraient sans doute rien compris de la situation. Il aurait fallu leur donner des détails, expliquer les faits, pour ne récolter en retour qu'un lot de banalités, souvent empreintes d'une fausse empathie. Bien sûr, il aurait pu se confier à Philippe, le convoquer à l'écart du groupe, mais Gilles n'avait pas plus envie de parler que d'écouter les autres.

Satisfait de l'indifférence dans laquelle le tenaient les autres convives, Gilles comptait garder le silence le plus longtemps possible, mais à peine s'était-il emparé avec gourmandise du plateau de fromages que son voisin de table, un collègue de Philippe qui ne lui avait pas adressé un mot depuis le début du repas, l'entreprit sur son activité de romancier. Le type paraissait curieux de connaître le rythme de vie de Gilles, se demandant sans doute à quoi pouvait bien ressembler la journée ordinaire d'un artiste dans son genre. De toute évidence, même s'il n'avait certainement jamais lu une ligne de Sagan, de Bukowski ou de Blondin, il se figurait les écrivains en piliers de bar, alcooliques errants, noceurs irresponsables. Le style de clowns tristes et autocentrés que leurs éditeurs devaient séquestrer, des jours durant, pour enfin parvenir à boucler un manuscrit. Du reste, lui aussi avait participé à un ouvrage, il y a longtemps, mais enfin un truc sérieux, un bouquin de prospective, assez technique. Il lui confia trouver étrange que les gens s'obstinent encore à écrire des romans dans une époque où la fiction ne s'était jamais si mal vendue. Gilles lui répondit que ce n'était pas plus idiot que de construire des moteurs d'avion dans une période de surexploitation des énergies fossiles.

Depuis la naissance de Chloé, et plus encore après son divorce, Gilles avait peu à peu renoncé à faire semblant de jouer le jeu des interactions sociales. C'était ce que Juliette avait tenté de lui faire comprendre, la dernière fois, lorsqu'elle l'avait invité à sortir davantage. S'il ne vivait que par les livres, il refusait toutefois de se rendre à l'évidence qu'il se sentait plus proche de leurs auteurs, souvent étrangers ou morts depuis des siècles, que de ses anciens amis. Il ne s'agissait pas d'un choix conscient, mais d'une évolution logique : sans chercher à se couper du monde, il s'était isolé, tout naturellement, du fait de sa passion. On pense souvent que c'est long et douloureux de renoncer aux autres, de se mettre à l'écart de la société, mais c'est faux. Il n'y a rien de plus simple, il suffit de ne pas répondre. Les gens n'insistent pas. Ils ont d'autres amis et une multitude d'activités quelconques. Au bout de quelques mois, ils vous ont oublié.

Le dessert venait d'être servi. Il s'agissait de deux tartes amandines aux pommes confectionnées par Caroline, qui n'avait pas pris le temps de s'asseoir depuis le début du repas. On parlait des enfants, du réchauffement climatique et on convoquait les souvenirs. Gilles ne prêtait aucune attention aux conversations. Il souhaitait se préserver de leur médiocrité et attendre sagement le moment du café pour partir. Que de phrases perdues pour ne rien dire, ruminait-il. Des bruits de bouche et pas une pensée qui ne les soutienne... Soudain, le silence se fit et Gilles leva les yeux de son assiette. À table, tout le monde le regardait fixement comme s'ils attendaient une réponse.

« Alors, Gilles ? reprit Philippe, l'œil goguenard.

– Alors quoi ?

– Eh bien, quel est ton favori pour la Ligue des Nations ?

– De quoi me parles-tu ? Tu sais bien que je ne m'intéresse pas aux séries télé.

– Haha, tu n'as rien compris ! Je te parle du championnat européen de football qui va commencer. Tu as un favori pour les phases finales ?

Philippe, hilare, semblait ravi de son effet. Il n'ignorait pas que Gilles, dès lors qu'il s'aventurait à parler de sport ou d'autres sujets populaires, paraissait très vite empoté et finissait le plus souvent par se ridiculiser.

– Je n'y connais rien, tu le sais bien, mais j'imagine que les Français peuvent encore gagner… Enfin, eux ou d'autres, ça m'est totalement égal.

– Ah, c'est bien mon Gilles, ça ! Toujours aussi déconnecté des loisirs du peuple, s'esclaffa Philippe. Ça me rappelle quand tu étais venu à la maison pour l'Euro et que nous avions regardé un match de l'Équipe de France ensemble. Tu te souviens ? Tu ne comprenais rien à la règle du hors-jeu mais tu faisais une fixette sur les Noirs, c'était franchement comique.

– Qu'est-ce que tu racontes ? Le ton de Gilles avait changé, le volume de sa voix aussi. Il s'était redressé sur sa chaise et fixait Philippe à l'autre bout de la table.

– Oui, tu disais qu'il y avait trop de Noirs, ou un truc de ce genre. Le match c'était France – Italie, je crois… Enfin, heureusement qu'on était entre nous, sinon dans un bar de Bordeaux, on se faisait lyncher à coup sûr !

Le rire puéril de Philippe, dénué de toute malice comme du moindre sous-entendu, conquit son auditoire à l'exception de Gilles, dont le visage venait de se crisper d'un rictus de colère.

– Je n'ai, à aucun moment, tenu de propos raciste ! Ni cette fois-là, ni jamais ! Je ne connaissais rien au football et je n'en connais pas plus aujourd'hui. C'était France-Italie, en effet, je me souviens. Tous les joueurs italiens étaient blancs et tous les Français noirs. C'était stupéfiant dans les deux cas, et j'ai marqué ma surprise. Il me semblait qu'un tel contraste ne pouvait résulter que de choix politiques et pas seulement sportifs. C'est tout ce que j'ai dit ! Je n'ai jamais fait de différences entre les hommes, moi, jamais ! »

Assigné par son âge, son sexe et ses origines à une communauté dont on attendait désormais le silence, ou tout au moins la retenue, Gilles persistait à penser à voix haute. Son point de vue universaliste, devenu minoritaire et ringard, n'intéressait personne. Pour autant, il se considérait encore comme un Français tout à fait habituel, indissociable du nombre. Absorbé par ses livres et son rôle de père, il s'était peu à peu coupé du monde, c'était évident, mais surtout il ne l'avait pas vu changer.

Tandis que Gilles peinait à contenir sa colère, Philippe détourna l'attention par une boutade graveleuse ponctuée d'un éclat de rire. En toutes circonstances, il souhaitait parler fort et user de banalités afin d'éviter les sujets qui fâchent. Il ramenait ainsi la vie à sa juste dimension, un truc loufoque, grossier et pas très profond finalement. L'ambiance se décrispa un peu et les mondanités reprirent leurs cours. Un malaise palpable s'était toutefois installé entre les convives. Chacun semblait désormais occupé à trouver un prétexte crédible, communément admis mais pas trop impersonnel, pour quitter les lieux au plus vite.

Une demi-heure plus tard, tout le monde s'était levé de table. Caroline offrit de servir le café à ceux qui le souhaitaient, puis ce fut au tour de son mari de solliciter l'attention de ses hôtes afin de leur proposer différents digestifs. Assis sur un des fauteuils disposés en cercle autour de la table basse, Gilles promenait des yeux las autour de lui. Tandis qu'au cœur de sa main gauche tournoyait un Armagnac hors d'âge, il ressentait comme une gêne. Quelque chose le heurtait dans ce décor. Un moment de réflexion lui fut nécessaire pour identifier enfin ce qui clochait : il n'y avait pas un seul livre chez Philippe. Pas même un magazine, rien sur quoi poser sa curiosité. Ce n'était sans doute pas nouveau, mais il le remarquait pour la première fois. Au-delà de la querelle qui venait de les opposer, il sentait une distance s'établir avec celui qu'il considérait hier encore comme un frère. Que restait-il vraiment de leur amitié ? Il tenait à se rappeler que c'était Philippe qui l'avait raccroché à la vie lorsque ses grands-parents s'étaient éteints, à quelques semaines d'intervalle, tandis qu'il venait tout juste de passer le bac. Ils n'avaient plus jamais reparlé de cette époque durant laquelle un Gilles inconscient, sans envie ni repère, traitait les autres avec mépris, étudiait peu et buvait trop, au point de s'endormir tous les soirs sur le canapé de son complice de toujours. Ça c'était hier et leurs choix de vie, par la suite, n'avaient œuvré qu'à les éloigner l'un de l'autre. Depuis qu'il avait quitté l'enseignement pour ne faire qu'écrire, Gilles visait la lune mais peinait à boucler les fins de mois. Philippe, lui, prospérait comme un pays du Golfe, sans vraiment y penser ni consentir d'effort. Si le monde avait changé, il n'avait rien remarqué de spécial et la grande économie, comme la politique, le laissait globalement indifférent. Son train de vie progressait depuis vingt ans à un rythme régulier, et c'était là tout ce qui comptait. Les grands groupes industriels, dont l'activité était considérée comme stratégique par les gouvernants, se trouvaient en effet protégés des aléas économiques comme les crises ou même l'évolution de la concurrence. Bénéficiant de subventions publiques, ils continuaient à dorloter leurs cols blancs. Dans le même temps, la tension s'accentuait sur les chaînes d'assemblage. Les ouvriers et techniciens, pour l'essentiel intérimaires, y travaillaient quotidiennement avec l'incertitude du lendemain. Ceux-là percevaient tout le sens du mot « précarité ». À l'inverse, les cadres des bureaux d'études, comme Philippe, évoluaient dans une parfaite désinvolture. Leurs salaires se trouvaient systématiquement revalorisés de deux ou trois points chaque année, bien au-delà du taux national d'inflation. Même au pic des dernières crises, l'hypothèse d'un gel provisoire des salaires avait été sèchement repoussée par leurs représentants syndicaux. C'était un monde à part, un symbole de l'économie mixte à la française, où l'on embrassait les bienfaits du libéralisme sans jamais vouloir en assumer les dégâts. Ainsi, Philippe et ses collègues vivaient heureux, préservés des mutations sociales et des affres de la mondialisation. Ils roulaient en Renault et votaient à gauche depuis toujours. Leur insouciance paraissait irréelle.

Les gens se dirigeaient en petits groupes vers la sortie. C'était le moment des embrassades, on prononçait les phrases de fin. Caroline raccompagnait un couple qu'elle semblait apprécier. Lui, replet, la cinquantaine ; elle, vulgaire et sans âge. Ils se donnaient rendez-vous la semaine suivante à l'ancienne base sous-marine. Il s'y tiendrait une exposition d'un artiste contemporain très connu mais dont ils avaient oublié le nom. Philippe et les enfants allaient adorer car sur ses immenses toiles figuraient des personnages célèbres de jeux vidéo transposés dans des situations de la vie quotidienne. C'était drôle et décalé, tout à la fois. Il ne fallait pas rater l'événement, leur avait-on dit, ne serait-ce que pour les éclairages et les effets sonores. Tout en décrochant les manteaux de ses invités, Caroline promit d'en parler à son mari. À la mention de son prénom, Philippe accourut aussitôt et les rejoignit devant la porte. Encore grisé lui-même par sa dernière tournée de liqueurs, il les priait de conduire prudemment, ironisant au passage sur la faible autonomie de leur véhicule électrique. S'ensuivit alors une conversation sans queue ni tête. Il en ressortait que la France courrait à sa perte si l'on fermait les frontières mais que l'hiver, dans l'ensemble, avait été moins froid que prévu. Ils allaient aborder la question de cette nouvelle grippe venue d'Inde et de son inquiétante propagation quand, enfin, tous sortirent. Profitant de l'agitation, Gilles attrapa sa veste discrètement et quitta les lieux par la terrasse, se débinant dans le dos de ses hôtes.

Sur le chemin du retour, il ressassait les mêmes pensées et les mêmes mots. Ceux de Juliette, de la directrice d'école et de Philippe s'entrechoquaient. Qu'est-ce qu'on lui reprochait au juste ? De quoi devait-il se justifier ? Comme devant ses élèves, quelques années plus tôt, il ressentait l'amère frustration de ne pas réussir à se faire comprendre. De la même manière, il avait l'impression que plus il tentait de s'expliquer, plus on le rejetait. On souhaitait prononcer son exclusion définitive du champ de la fréquentabilité et il n'avait aucun moyen de se défendre. Sans y réfléchir vraiment, il se mit à tapoter sur l'écran tactile de la Ford Kuga afin d'accéder à l'historique de ses appels. Il appuya sur un bouton pour sélectionner le numéro de Léontine, puis une seconde fois pour valider son choix. Sans même une sonnerie, le coup de fil échoua sur le répondeur de la journaliste. À ce moment, le tumulte émotionnel auquel il se sentait succomber aurait dû le pousser à raccrocher, ou tout du moins l'inciter à la mesure. Au lieu de cela, invité à laisser un message, Gilles éructa après le bip :

« Oui, c'est Gilles Duvignac... Écoutez, c'est d'accord Léontine, je veux bien collaborer à votre enquête mais à une seule condition : je ne veux pas que vous vous en preniez à ce gamin qui a bousculé ma fille à l'école. N'allez pas fouiller la merde et trouver que son grand frère s'est déjà fait serrer pour vol de scooter. Je les connais vos méthodes et vos obsessions de droitards ! J'ai lu le *Camp des saints* moi aussi, le bouquin de Raspail. J'imagine que c'est encore votre livre de chevet, non ? Je ne comprendrai jamais que des gens intelligents et éduqués puissent être xénophobes... D'ailleurs, je vais vous dire, j'avais envisagé à une époque une contre-écriture de ce roman, en imaginant le scénario d'un million de blancs qui débarqueraient au même instant sur plusieurs plages d'Afrique du Nord et les conséquences que cela aurait sur tout un continent. Eh bien, finalement, je me suis ravisé voyez-vous, car je me suis rendu compte que cela avait déjà été écrit ; que ça figurait même dans tous les livres d'histoire. Eh oui, car ça s'appelle la colonisation, chère amie ! Voilà… Bonne nuit Léontine. »

7

Perçant à travers les nuages, un soleil délicat léchait les toits d'ardoise tandis que la flèche Saint-Michel, au loin, dévoilait peu à peu ses atours. Les tramways se succédaient à présent à un rythme régulier et la rumeur du trafic devenait plus intense. Soufflant sur la mousse de son déca, Gilles promenait un regard mélancolique sur les devantures colorées. Les portes des magasins ouvraient, les unes après les autres, des chalands s'agglutinaient. Ainsi se formait une aimable cohue, improvisée et pourtant méthodique, comme à l'entrée d'une ruche. Des gens pénétraient dans les boutiques, d'autres attendaient ou en sortaient les mains pleines. Tout ce monde se bousculait en toute indifférence. Personne n'avait l'idée de s'arrêter, de sourire ou de regarder le ciel. Ils étaient tous venus là pour une raison précise, ils avaient tous des choses à faire. Le surgissement de cette agitation commerçante absorbait toute l'attention de Gilles et le fascinait, au point qu'il en oubliait la raison même de sa présence, à cette terrasse-là, à cet instant précis. Il affectionnait ce sentiment de n'être qu'un observateur distant, insaisissable et sans épaisseur, une illusion quelque part entre deux existences. C'était dans ces moments suspendus, pensait-il, qu'il devenait un écrivain. L'apparition de Léontine, au bout de la rue, l'extirpa de sa torpeur pour le projeter dans une subite excitation. À mesure que la silhouette de la journaliste se dessinait plus nettement sur une foule anonyme et informe, Gilles se sentait pris d'une joyeuse panique. Cette rencontre n'aurait rien de commun, c'était une évidence. Il se dégageait de l'allure de la jeune femme une forme supérieure d'élégance. Elle marchait d'un pas décidé et frayait son chemin au milieu des passants avec l'assurance d'une fourmi guidée par son instinct. Gilles fit un discret signe de la main et Léontine lui sourit en retour. Sa démarche franche et son regard porté au loin la dissociaient du nombre. Sa beauté était incontestable.

Arrivée à sa hauteur, elle le salua timidement et s'assit en face de lui. Tandis qu'elle tentait d'interpeller un serveur pour commander un Perrier menthe, Gilles recoiffa sa tignasse, tel un adolescent anxieux lors d'un premier rendez-vous. Il ne comptait pas se laisser intimider ou ployer sous le charme de la journaliste. Comme souvent, il avait préparé son discours.

« Avant toute chose, Léontine, je souhaitais que nous clarifiions le contexte de cet entretien. Il est inutile de le mentionner dans votre article, cela ne présente pas d'intérêt pour vos lecteurs et puis je ne tiens pas non plus à m'exhiber davantage, mais il faut que vous sachiez pourquoi j'ai beaucoup hésité à vous rencontrer... Voilà. Vous et moi n'avons rien en commun. Ni le pédigrée, ni le vécu. Durant toute ma jeunesse, je me suis attaché à combattre les idées que vous défendez. J'ai été un temps, il y a très longtemps, encarté à l'UNEF et je me souviens très bien de vos congénères, en mocassins Berluti et polos Lacoste, qui venaient nous insulter et dénigrer notre travail. Je crois encore aux idéaux d'égalité et de justice sociale qui m'animaient à cette époque et je persiste à dire qu'il y aura toujours une droite et une gauche dans ce pays. Cela étant dit, il me semble que mon combat dépasse les clivages politiques. Je suis un père divorcé, tout ce qu'il y a de plus banal, qui se trouve injustement accusé de racisme et que l'on prive de voir sa fille. N'importe qui peut entendre ça. Et si vos lecteurs disposent d'un peu de bon sens, ils me comprendront et me soutiendront.

– Je sais que vous n'êtes pas le monstre qu'ils comptent présenter à la foule... C'est d'ailleurs ce qui me surprend dans cette affaire. Pourquoi vous ? Est-ce que vous vous êtes emporté avec la directrice de l'école, ou avec le juge ? Peut-être votre comportement leur a-t-il paru excessif ?

– Franchement, je ne sais pas... Mais dès que ça concerne ma fille, je perds la raison. Juliette, mon ex-femme, dit que je suis maladroit avec elle, que j'en fais beaucoup trop. Mais je n'ai jamais appris à aimer, vous savez, c'est comme ça... Mes parents m'ont appelé Gilles en hommage à Gilles Vigneault, le poète québécois. Celui qui chantait « Mon pays » dans les années soixante ; mais ça ne vous dira rien, bien évidemment, vous êtes trop jeune. Ils s'étaient installés dans le bocage normand pour vivre au rythme des saisons et de la nature. C'est là-bas que je suis né. Ils se sont éteints quand je n'avais que quatre ans, à quelques mois d'intervalles, tous les deux mystérieusement emportés par la même maladie. Il s'agissait, je crois, d'une forme rare de cancer du sang, que seule une intoxication aurait pu expliquer. Mais à l'époque il n'existait pas de contrôle sanitaire, de principe de précaution, ni même de concept d'environnement... Ensuite on m'a remis à mes grands-parents maternels, des gens honnêtes et droits, un peu secs. Et j'ai grandi à la campagne, loin des rejets atmosphériques toxiques et des centrales électriques. Je n'étais pas malheureux, ni vraiment heureux, en fait j'aimais surtout écouter les gens et imaginer des histoires... Enfin, je ne sais pas pourquoi je vous raconte tout cela. Ce que je souhaite que vous compreniez, c'est que rien ne m'avait préparé à Chloé... Oui, peut-être que je l'aime trop, ma fille, peut-être que je l'aime mal, c'est possible, mais je ne sais pas l'aimer autrement. On ne m'a pas appris, voilà tout.

– Je comprends, Gilles... Et justement, si je peux me permettre de vous donner un conseil, il me semble que ce serait préférable que vous évoquiez davantage vos origines et votre enfance durant l'entretien. Les lecteurs pourraient plus facilement s'identifier et ainsi mieux comprendre votre réaction de père.

– Oui, vous avez sans doute raison. Et puis, c'est votre métier, vous connaissez ça mieux que moi... Donc, comme je vous le disais, mon enfance s'est déroulée en grande partie chez mes grands-parents, à la campagne. Je traînais dehors l'essentiel du temps. Il n'y a guère plus à en dire, c'était beaucoup d'ennui je crois. Je me souviens surtout du vent qui sifflait dans les cyprès et de l'odeur des champs après la pluie. Je rêvais de grandes aventures, je lisais Michel Strogoff. Et puis comme ça se passait bien à l'école, on me laissait tranquille. Le bac en poche, j'ai suivi des études de philosophie. Je crois que je cherchais des réponses à un tas de questions. Des études qui n'ont d'ailleurs débouché sur rien, sinon sur d'autres questions et sur une licence qui me permettait tout de même de passer le CAPES. C'est ainsi que j'ai débuté ma carrière de professeur de français au lycée. Il fallait bien vivre, hein... C'était difficile, surtout sur la fin. Heureusement ça me laissait du temps pour écrire. Quelques années sont passées comme ça et puis j'ai rencontré Juliette...

– Pardon de vous couper mais, avant de poursuivre cet entretien, il faut que je vous pose une question : est-ce que vous avez contacté d'autres journalistes depuis notre discussion au téléphone ? Est-ce que vous avez reçu des soutiens, locaux ou nationaux ? C'est important pour moi car si j'ai l'exclusivité, je pourrais plus facilement convaincre mon rédacteur en chef de donner davantage de place à mon papier.

– Non, vous êtes la première personne qui s'intéresse vraiment à mon cas. Ah si, j'avais contacté le mois dernier une association de pères divorcés que l'on m'avait recommandée. Des braves gens, un peu paumés... L'un d'entre eux avait entendu parler de mon histoire. Il m'a invité chez lui, il y a quelques jours, pour prendre un café et me raconter son expérience. Mais ça s'est arrêté là. »

Par pudeur, Gilles n'osait évoquer plus longuement cette visite qui l'avait projeté dans une profonde perplexité. Le type s'appelait Bruno, il devait avoir cinquante-cinq ans mais c'était assez difficile à estimer précisément tant il semblait mariner depuis des siècles dans un quotidien de formol. Des yeux gris, une peau grise, une voix grise aussi. Gilles avait eu l'impression de rencontrer un spectre. Divorcé depuis une vingtaine d'années, Bruno vivait seul dans l'ancienne maison de ses parents, décédés depuis peu et dont toutes les affaires étaient restées à leur place. Pour seule personnalisation, Bruno avait disposé par endroits quelques figurines de mangas représentant de jeunes guerrières de l'espace, plutôt pulpeuses et court-vêtues. Sur les étagères de l'imposante bibliothèque du salon, elles côtoyaient diverses babioles sans valeur et une dizaine de livres de poche. Beaucoup de photos de famille en revanche, dont les plus anciennes avaient été placées tout en haut. Bruno exerçait le métier d'ingénieur en développement pour une société de services informatiques. En rentrant le soir, après dix heures passées les yeux rivés sur un écran, il rallumait son ordinateur pour jouer à des jeux vidéo en ligne jusqu'à l'épuisement. Son activité professionnelle comme ses loisirs ne lui apportaient aucune joie, pas même quelque bonheur fugace. Prisonnier entre le passé et le virtuel, Bruno ne vivait nulle part. Dans la minuscule cuisine, il avait servi à Gilles un café bouillant et insipide avant de lui énumérer toutes les étapes de son combat pour obtenir la garde alternée de sa fille unique Nina qui, à désormais vingt-deux ans, vivait encore chez sa mère. Il évoquait ces souvenirs dans les moindres détails et avec une surprenante exactitude, conférant à son récit l'apparence que les faits s'étaient déroulés la veille. L'atmosphère était étouffante de misère, presque insoutenable d'impudeur. Gilles l'avait chaleureusement remercié en partant, lui promettant de le tenir au courant de la suite des événements. Il n'en ferait rien, il le savait, mais il n'avait pas eu le cœur de l'abandonner sans lui laisser espérer quelque chose. Même si rien ne semblait relier son cas à celui de Bruno et des estropiés de son genre, Gilles avait ressenti une peine immense ce jour-là, du même ordre que celle qui vous afflige quand vous rendez visite à un ami en deuil.

Un camion de livraison venait de s'arrêter au milieu de la rue, provoquant la colère d'une jeune cycliste contrainte de monter sur le trottoir pour éviter la collision. Quelques insultes fusèrent, de part et d'autre, sans que les clients en terrasse n'y fissent réellement attention. Profitant de cet instant suspendu, Léontine sortit son téléphone portable du sac à main qu'elle avait posé sur la table. Tout en pianotant sur l'écran, elle prévint Gilles qu'elle allait reprendre l'interview à zéro, qu'elle lui demanderait de commenter les différents événements et les détails de l'affaire depuis le début, comme s'il s'agissait de leur première discussion. Puis, sans attendre de réponse, elle lança l'enregistrement de la conversation. Méthodiquement et presque sans émotion, Gilles exposa alors l'enchaînement des faits qui le conduisait aujourd'hui à accepter une exposition médiatique dont il espérait qu'elle lui permettrait enfin de revoir son enfant. Au moment de se livrer sur les sentiments qui l'assaillaient depuis le début de l'affaire, Gilles marqua un temps de réflexion.

« C'est difficile de trouver les mots pour vous faire ressentir cette douleur. Étant donné votre jeune âge et compte tenu de votre...disons de votre hyperactivité médiatique et professionnelle, je suppose que vous n'avez pas d'enfant.

– Vous supposez bien.

– D'accord, c'est entendu... Mais si vous n'êtes pas une mère, vous êtes tout de même une fille, n'est-ce pas ? Et peut-être votre père vous aime-t-il comme j'aime ma fille, c'est tout le mal que je vous souhaite. Vous pourriez alors imaginer sa souffrance à se trouver loin de vous, toute son impuissance à ne pouvoir vous protéger.

– Mon père est très âgé maintenant et de toute façon nous n'avons jamais eu de relation fusionnelle. Vous savez, dans les familles aristocratiques, les rapports entre générations sont un peu différents.

Dès lors qu'elle se trouvait en situation d'exercer son métier de journaliste, Léontine avait pris l'habitude de mentir au sujet de ses relations familiales (et de sa vie privée en général) afin de ne prêter le flanc à aucune intrusion dans la sphère personnelle. Elle souhaitait ainsi préserver les siens tout en se protégeant d'éventuels coups bas.

– C'est bien possible, oui. Je ne connais rien aux usages des aristos, je l'avoue. Je me demande même si vous n'êtes pas la première que je rencontre... Vous voyez que nous sommes décidément très éloignés, vous et moi.

Gilles tourna la tête vers la longue rue piétonne, devenue soudainement déserte à la faveur d'une courte averse. Au sol, la masse humide des pavés dessinait des nappes sombres aux textures nuancées. Il les fixa longuement, son regard les recouvrant d'une profonde amertume.

– Je comprends très bien ce que vous ressentez, Gilles, et c'est tout à fait normal si vous voulez mon avis. Il s'agit de votre unique enfant. De votre fille, qui plus est. Je suis convaincue que vous n'auriez pas vécu la séparation de la même manière avec un garçon.

– Que voulez-vous dire ?

– Eh bien, pour résumer ma pensée, je considère que les femmes sont le plus souvent pragmatiques et les hommes romantiques. Vous, les hommes en général, courrez toute votre vie après un amour total, immuable et indéfectible. Or, la seule personne qui pourrait un jour vous donner l'impression d'y parvenir, c'est votre fille. Quand vous réalisez cela c'est fichu, vous en devenez les esclaves. Des esclaves consentants, hein. Vous êtes tous des Pères Goriot en puissance, et là c'est la balzacienne qui parle. Vous irez jusqu'au sacrifice de votre propre vie pour sauver cette construction imaginaire d'un amour absolu... Croyez-moi, c'est classique.

Léontine avait réponse à tout, c'est pour cela qu'elle semblait ne douter de rien. Dans sa matrice, tout événement se trouvait décomposé, analysé et décrypté en un instant. Tout acte, même le plus absurde, prenait alors une signification précise ; chaque individu rejoignait un stéréotype. Ce logiciel systémique venait à bout de n'importe quelle opposition tant il n'offrait aucune prise à la contradiction. C'était à la fois le point fort de Léontine et la principale limite à son épanouissement.

– Notez bien dans votre article que je ne tiens à blâmer personne dans cette histoire, ni mon ex-femme, ni la directrice de l'école. Ni même ce pauvre juge, qui certainement avait bien mieux à faire. C'est toute notre société qui marche sur la tête.

– Bien sûr, et c'est précisément ce qui est révoltant dans cette histoire. Nous évoluons en plein 1984, et même Orwell serait-il sans doute surpris de voir comment, en à peine un siècle, ses plus folles idées ont été mises en œuvre, voire poussées à l'extrême. Le progrès à marche forcée, dans une société athée et avilie, a eu raison de tous les obstacles moraux. C'est la mécanique implacable de la fenêtre d'Overton, avec laquelle les médias de gauche nous broient...

– Hum, je ne suis pas certain de vous suivre là...

– Ah bon ? En fait c'est simple, vous allez comprendre. Le nom de cette théorie vient de son auteur, Joseph Overton. C'était un politologue américain, plutôt conservateur d'ailleurs, qui avait observé l'impact des manipulations médiatiques sur l'évolution des sociétés. Dans les années 90, il avait formalisé une sorte d'échelle mouvante, avec différents stades, permettant de se figurer la viabilité politique d'une idée en fonction de l'état de l'opinion. Pour simplifier, il démontrait comment, en prenant n'importe quel concept outrancier, il était possible de le faire admettre par le plus grand nombre, et même de l'inscrire dans la loi, pour peu que l'on passe par différentes étapes. De l'impensable le transformer en radical, de radical le rendre acceptable, puis d'acceptable il devient raisonnable, etc. Jusqu'à le rendre populaire et le faire entrer dans la constitution. Le principe s'appliquait surtout à la presse et à la télévision et aujourd'hui ce sont les médias dominants et les réseaux sociaux qui effectuent ce travail, de la même manière. Regardez comment ça s'est passé pour la GPA, par exemple. L'opinion publique, il y a encore trente ans, aurait considéré comme impensable le fait de pouvoir louer le ventre de jeunes femmes démunies vivant à l'étranger afin de permettre à des couples homosexuels d'élever des enfants. Il a suffi progressivement de passer par le mariage gay et la PMA tout en diffusant, par un discours libertaire et égalitariste, la notion aberrante de « droit à l'enfant » pour parvenir à faire admettre aujourd'hui comme naturelle ce qui constituait hier un obstacle anthropologique.

– Mouais, je vois ce que vous voulez dire... C'est un peu comme la maxime de Saint Augustin, votre truc : *À force de tout voir, on finit par tout supporter. À force de tout supporter, on finit par tout tolérer. À force de tout tolérer, on finit par tout accepter. À force de tout accepter, on finit par tout approuver.*

– Vous avez tout compris.

– Mais nous sommes encore en démocratie, il me semble. Si l'opinion publique n'est pas d'accord avec ce qu'on leur pousse dans votre fenêtre de Bertone...

– D'Overton.

– Oui, votre fenêtre d'Overton. Si les Français ne veulent pas de ce qu'on leur met au menu, ils n'ont qu'à voter pour de nouveaux représentants. Et même les pires réactionnaires, s'ils le veulent. Qui les en empêche ?

– Vous feignez de ne pas comprendre... Le pouvoir n'est plus là où vous le dites, dans les arcanes de la démocratie parlementaire ou même au sommet de l'État. Le pouvoir aujourd'hui se trouve entre les mains des juges, des médias et des lobbys actifs sur les réseaux sociaux. Ce sont eux qui ont dicté les politiques publiques de tout l'Occident durant les périodes récentes de crise sanitaire et écologique. Tous les chefs d'état – et je dis bien tous – étaient paralysés par le risque pénal et la peur des critiques médiatiques. Il n'y a rien d'autre, pas même l'opinion publique majoritaire, qui puisse infléchir cette situation. C'est comme cela que des groupes de farfelus ultra-minoritaires en viennent à dicter leurs lois... Mais il n'y a pas qu'Overton, lisez Gramsci ou Raymond Boudon, par exemple. Ces mécanismes sont bien connus.

– Oui, c'est possible... Écoutez, je... Excusez-moi de vous dire ça Léontine, mais vous êtes un véritable bulldozer. Vous déroulez votre rhétorique comme sur un plateau de télévision et c'est difficile d'en placer une... C'est fatiguant, pardonnez-moi. Je venais ici pour rencontrer une journaliste, lui livrer simplement mon témoignage et je me retrouve à débattre avec Éric Zemmour. Je ne dis pas que ce que vous dites est idiot, mais j'ai l'impression que mon histoire ne vous intéresse pas. »

Léontine ferma les yeux un instant et esquissa un sourire en guise d'excuse. Délicatement, elle prit le poignet de Gilles et se fendit de paroles réconfortantes qu'elle prononça presque machinalement sur un ton neutre et bienveillant, comme elle le faisait souvent le dimanche, après la messe, auprès des nécessiteux. Elles n'en étaient pas moins sincères. La voix de la jeune femme et le contact de cette main tendue réchauffèrent aussitôt le cœur de Gilles. À cet instant, il ne l'écoutait plus. Soulagé de son principal fardeau, celui de la solitude, il sentait la douleur s'engourdir tout doucement.

8

Léontine n'était pas revenue à Bordeaux depuis de longues années. Sa dernière visite remontait en effet à l'été 2020, elle en gardait un souvenir très précis. À l'époque, on semblait découvrir partout en France que des manifestations violentes d'une guérilla territoriale pouvaient survenir en pleine journée dans les centres-villes de province que d'aucuns imaginaient paisibles et offerts à la seule déambulation des touristes. Son article ciblant précisément la situation des « mineurs isolés » (dont elle tentait de démontrer qu'ils n'étaient généralement ni mineurs ni isolés) venus d'Afrique anglophone et intitulé « Courses de machettes à Kinshasa-sur-Garonne » avait connu un certain succès sur le site d'*Avenue Foch*. Depuis lors, elle n'avait suivi que très distraitement les faits divers régionaux et ne se déplaçait presque plus en province. Son quotidien tenait désormais dans une petite bulle politique et médiatique, très parisienne, dont elle avait adopté les codes sans difficulté. Sa tiédeur et son détachement naturels s'y trouvaient à leur aise. On ne lui connaissait, par ailleurs, aucun goût pour l'exotisme. Aussi, tout comme Balzac qu'elle avait longuement étudié et au sujet duquel elle avait soutenu à Khâgne, Léontine qualifiait-elle de « méridional » n'importe quel individu né au sud de la Loire, lui attribuant à ce titre des caractéristiques physiques et morales particulières. Elle considérait par exemple que ces gens-là riaient trop fort, se livraient trop aisément et manquaient cruellement de pudeur dans l'expression de leurs sentiments. Ce n'était pas une femme que l'on pouvait atteindre à bout de larmes ou de confidences. Pourtant, quelque chose de particulier et de rare semblait se produire à ce moment précis, sur cette étroite terrasse de la rue Saint-Rémi. Elle se sentait émue. Les hommes en pleurs n'ont pas d'allure, répétait-elle souvent, mais il arrive parfois qu'ils vous touchent. Tenant la main de Gilles, elle pensait à son père.

« Si vous le souhaitez, je peux vous aider. Il se trouve que je connais quelques personnes qui, en toute discrétion, peuvent tenter d'influer sur le traitement de votre dossier.

– De quoi parlez-vous ?

Gilles s'était brutalement redressé sur sa chaise. Ses yeux encore embués de larmes venaient de se rallumer et scrutaient le visage de la jeune femme, tentant de pénétrer ses pensées afin d'y déceler la moindre intention maligne.

– Disons que je peux vous mettre en relation avec des personnes d'influence, comme des avocats ou des anciens magistrats, qui, bénévolement et sans publicité, donnent un peu de leur temps pour faire avancer notre combat.

– Notre combat ? Mais qu'est-ce que vous racontez ?

– Comprenez-moi bien, Gilles. Il y a deux France désormais, ou plutôt trois. Si nous mettons de côté celle des banlieues et des zones d'immigration, où le communautarisme est devenu la règle et qui de toute façon font sécession, les deux autres sont aujourd'hui clairement antagonistes et irréconciliables. Pour résumer, il y a celle du pouvoir, de BFMTV et des juges. Une France docile et résignée au progrès. Et puis il y a la nôtre, j'oserais dire la vôtre maintenant, celle des campings, des Gilets jaunes et du Tour de France. Celle des antivax et des climato-sceptiques aussi. Une France rebelle et enracinée, qui vote mal ou ne vote plus. C'est un peu simpliste, et je sais bien qu'il existe des degrés de nuances, des centaines de petites chapelles, mais vous voyez ce que je veux dire... Alors voilà, je conçois que ce constat puisse heurter votre sensibilité, mais c'est comme ça, que cela vous plaise ou non. En vous opposant à leur système, vous venez de rejoindre le camp des illégitimes et du complot. Vous savez, je n'ai pas grand-chose en commun avec ces gens-là, pas plus que vous sans doute, mais ce sont nos alliés dans cette lutte fondamentale pour le droit à la critique, c'est-à-dire le droit de penser différemment et de vivre en hommes libres.

– Je crois comprendre ce que vous essayez de me dire mais, excusez-moi, je considère que je n'ai rien à voir avec tout ça. Moi, mon seul souci dans cette histoire, c'est ma fille. Point final. Je ne me situe dans aucun camp, et surtout pas dans celui des réacs ou des complotistes.

– Vous vous trompez, Gilles. D'une façon ou d'une autre, vous vous situez nécessairement dans un camp. Même à votre corps défendant. Je suis peut-être jeune mais si j'ai appris une chose dans la vie c'est celle-là. Pour autant que l'on pense agir seul et dans son unique intérêt, on mène toujours le combat d'un autre. Croyez-moi, nous sommes tous les instruments de forces plus ou moins occultes et le sujet d'enjeux qui nous dépassent.

– Oui, oui, les voies du Seigneur... Je connais la chanson.

Gilles venait de lever les yeux au ciel en soupirant, sans intention toutefois d'offenser son interlocutrice. Du reste, il n'éprouvait aucune hostilité envers les catholiques, ou les croyants de manière générale, disons plutôt qu'il préférait se tenir à l'écart des questions spirituelles. Gilles craignait trop Dieu pour le blasphémer mais pas assez pour songer à lui plaire. Ainsi, comme tous ceux qui ont eu un usage modéré des prières, son respect à l'égard des institutions religieuses s'avérait intact. D'ailleurs, chaque fois qu'il pénétrait dans une église, c'était une émotion sincère qui s'emparait de lui. Un peu comme s'il ne s'appartenait plus. C'était cette même dépossession qu'il avait ressentie à la naissance de Chloé. Comme si une force vitale incontrôlable et irrépressible le submergeait, prenant le contrôle de ses sentiments intimes. Voilà pourquoi il évitait de fréquenter les lieux de cultes, par crainte d'y perdre son libre arbitre ou ce qu'il percevait comme tel, à savoir une somme de mécanismes et de valeurs selon laquelle, à chaque moment, il pensait agir en conscience.

– Très bien Léontine, j'accepte votre proposition... De toute façon, je n'ai plus vraiment le choix. J'ai besoin d'aide. »

Une bouffée de chaleur lui monta au visage, ses yeux s'embuèrent et il se mit à rougir. En accordant sa confiance à Léontine, Gilles venait de rompre avec l'habitude de se soumettre au destin. Il en mesurait la portée et c'était à l'évidence la raison de son trouble. En s'engageant dans un combat incertain, il refusait le fatalisme et défiait la résignation. Pour une fois, il acceptait le risque de saigner davantage, il faisait le choix conscient du chagrin sur le deuil.

Dès le réveil, Marie-Pierre eut le pressentiment que cette nouvelle journée qui se présentait ne lui ferait pas plus de cadeau que les précédentes. À peine sortie de chez elle, une brume épaisse et glaçante l'avait enveloppée. Elle avait frissonné en refermant le col de sa gabardine. On aurait dit que le ciel s'était trompé, que c'était encore l'hiver. Alors qu'elle était arrivée en avance devant l'école, à une heure où même les éboueurs et les moineaux dorment encore, elle n'avait pu trouver nulle part où se garer. Les places dans la rue s'avéraient toutes condamnées, pour une livraison peut-être, ou un déménagement. Aussi avait-elle dû tourner un long moment dans le quartier avant de se résoudre à laisser sa vieille Micra mordre sur le trottoir et empiéter partiellement sur un passage clouté. La ville ne lui paraissait pas plus angoissante qu'à l'habitude ce matin-là, pourtant elle s'y sentit mal à l'aise au point de presser le pas. Arrivée devant l'entrée de l'école, elle composa le code du portail, se trompa, recommença et finit enfin par ouvrir. À l'intérieur, elle trouva la cour jonchée de détritus et quelques tags obscènes ornant les fenêtres de l'une des trois salles de classe. Rien d'autre que la trace de gamins du quartier venus passer la soirée dans l'enceinte de l'école et désireux de rappeler à tous le caractère inepte de leurs actes et de témoigner surtout de leur impunité.

Le mois précédent, ils avaient forcé la porte du bureau de Marie-Pierre pour y chercher de l'argent ou des documents quelconques mais n'avaient rien dérobé d'autre qu'une vieille bouteille de mousseux offerte par des parents d'élèves. Il n'y avait pas de dégâts majeurs cette fois, pas de casse à déplorer. Tout juste de la lassitude et un lancinant sentiment d'humiliation… Elle aurait tant aimé les avoir en face, ne serait-ce qu'un instant, pour les regarder dans les yeux et leur dire son dégoût. Marie-Pierre témoignait en permanence d'une profonde ouverture d'esprit mais s'il existait un défaut qu'elle ne pouvait tolérer, c'était bien la lâcheté ; cette odieuse vermine toujours tapie derrière le mensonge et la fuite. C'était aussi pour cela qu'elle ne supportait plus le commerce des hommes. Elle les avait vus venir, les mesquins et les roublards, les médiocres et les veules. Elle avait payé pour apprendre et plus jamais on ne l'y reprendrait.

Comme tous les jours de la semaine où elle ne faisait pas la classe, Marie-Pierre portait ses escarpins noirs à talons carrés. Si d'ordinaire elle appréciait de se sentir réhaussée de quelques centimètres, se trouvant ainsi mieux placée pour mesurer la hauteur de sa fonction, elle regretta ce choix au moment de se mettre à genoux pour ramasser les détritus dans la cour. Tandis qu'elle s'affairait à frotter les vitres à l'acétone pour tenter d'estomper les graffitis scabreux, Marie-Pierre fut interpellée par une voix féminine et inconnue. Se retournant pour l'identifier, son regard se perdit sur un groupe de mères d'élèves déjà agglutinées devant le portail d'entrée.

« Madame Hirigoyen, je suis là. Derrière vous.

Le visage gracile d'une petite dame sans âge venait de surgir au-dessus de son épaule et lui souriait aimablement.

– Bonjour Madame. Je suis Christine Luquin, référente petite enfance à la mairie de Bordeaux. Nous avions rendez-vous ce matin il me semble.

– C'est possible, oui, je suis désolée. Comme vous le voyez, nous venons de subir quelques... quelques dégradations, dirais-je... dans l'enceinte de l'école et je me dois de tout nettoyer avant l'arrivée des enfants. Je vous propose de vous installer dans mon bureau en attendant, c'est la dernière porte au fond du couloir, à gauche. Je suis à vous dans quelques minutes. »

L'employée municipale s'exécuta poliment, poussant devant elle une petite valise à roulettes, à la manière d'un représentant de commerce. Marie-Pierre n'avait aucun souvenir du nom de cette femme, ni du sujet de sa visite. Elle se dit qu'il restait encore une vingtaine de minutes avant l'ouverture de l'école, un délai suffisant pour se débarrasser de l'intruse et donner un dernier coup de balai.

En sortant des toilettes après s'être lavé les mains, Marie-Pierre constata que son bureau était resté fermé mais qu'une certaine agitation semblait provenir de la salle détente. À peine eut-elle pénétré dans ce qui s'apparentait à une kitchenette, qu'elle fut aussitôt tentée d'en ressortir. La petite visite tournait au traquenard. Toute à son aise, Madame Luquin déballait son barda sur la petite table ronde tandis que Johanna, une toute jeune auxiliaire de vie scolaire à la chevelure turquoise et au menton duveteux, lui servait un café en piaffant. Marie-Pierre ignorait ce que Marjorie faisait dans la pièce mais elle s'y trouvait aussi. En la voyant, sa jeune collègue l'empoigna par le bras :

« Ah Marie, regarde ! C'est la nouvelle charte Camping de la mairie de Bordeaux. Christine nous a amené des flyers et des affiches. On a même des magnets et des stickers pour aménager le parcours des enfants aux sanitaires !

– Mais qu'est-ce que tu me racontes ? Et puis qu'est-ce que le camping vient faire dans les sanitaires d'une école maternelle ?

Marjorie éclata d'un rire sonore et suraigu.

– Non, mais c'est un acronyme en fait. Ça signifie : Charte d'Accueil en Maternelle des Personnes Intersexes Non-binaires ou Gender-fluid. L'objectif de cette charte c'est de fédérer toutes les écoles maternelles de Bordeaux qui souhaitent montrer leur engagement pour davantage d'inclusivité. C'est génial, non ? J'adore les couleurs, regarde.

– Hum... Je comprends l'intention de la mairie mais tout de même, ce mot « camping », ça fait un peu beauf, non ?

Marie-Pierre interrogea du regard Madame Luquin, qui n'avait encore rien dit, mais celle-ci n'eut pas le temps de décoller les lèvres de son gobelet de café que Marjorie reprit la parole.

– Oui mais justement c'est décalé, tu vois, c'est ça qui est drôle. Sur Insta, ils ont fait tout une campagne là-dessus en reprenant des visuels du film et des *punchlines* du style « On mégenre pas Patrick ? ». C'est vraiment super original, je trouve. Tu te souviens, je t'en avais parlé le mois dernier et tu m'avais donné ton accord. Du coup, j'avais appelé

Christine pour lui dire qu'on voulait participer et c'est pour ça qu'elle est là ce matin. »

À la différence de sa collègue, Marie-Pierre savait lire entre les lignes et débusquer l'intention derrière les slogans. Il ne lui avait fallu que quelques minutes pour cerner les enjeux de cette charte pour le moins insolite. Soucieuse de ne pas se laisser déborder sur sa gauche par le gouvernement, la mairie de Bordeaux avait manigancé, à peu de frais, une habile opération de communication, voilà tout. Marie-Pierre ne se faisait du reste aucun souci quant aux conséquences tangibles de ce type d'intervention. Les municipalités ayant seulement à leur charge l'entretien des bâtiments scolaires, le projet ne pouvait en aucun cas porter une ambition pédagogique. Au-delà des affiches et des campagnes sur les réseaux sociaux, il ne s'agissait, au bout du compte, que d'encourager les directeurs d'établissement à changer la signalétique sur les portes des toilettes.

Le temps de se débarrasser poliment de la référente municipale tout en valorisant l'initiative de sa collègue, Madame la Directrice (comme on l'appelait de plus en plus rarement) parvint enfin à ouvrir le portail de l'école avec cinq minutes de retard. Le groupe de mères d'élèves fulminait d'impatience et ne manqua pas de lui faire remarquer qu'il s'agissait là du troisième manquement à l'horaire depuis le début de l'année.

Si d'ordinaire elle affectionnait plutôt ce moment de la journée, la pause déjeuner ne fut, cette fois-ci, d'aucun réconfort pour Marie-Pierre. Les jumeaux Hadji, particulièrement survoltés, l'ayant obligée à intervenir plusieurs fois dès le début du repas, elle se retrouva à attaquer son plat de lasagnes végétariennes alors que ses collègues terminaient tranquillement leur salade de fruits. À l'impolitesse de ses consœurs, qui ne l'avaient pas attendue ni même pensé à lui réserver une place, s'ajouta le spectacle désolant des simagrées de Marjorie. Elle la voyait s'esclaffer, depuis l'autre bout du réfectoire, glissant son téléphone portable sous le nez de ses voisines de table. Elle en était visiblement restée aux visuels humoristiques de la mairie autour du film *Camping* et souhaitait en faire la promotion. Telle une minuscule particule dansant dans un rai de lumière, la jeune enseignante persistait à s'agiter ainsi continuellement pour se masquer l'évidence du caractère éphémère et désuet de ses transports. Tout en engloutissant ses lasagnes tièdes, Marie-Pierre l'observait d'un œil désabusé, soulagée que sa voix de crécelle fût couverte par les cris des enfants.

Le début d'après-midi se passa sans encombre et ce ne fut que sur les coups de seize heures que survint un nouvel événement inhabituel. Il s'agissait cette fois d'une visite inopinée, pour ne pas dire une intrusion. Les « grandes sections » avaient donné l'alerte. Un homme corpulent, vêtu d'un survêtement gris, se tenait debout, les bras croisés, tapant du pied contre la porte de la salle de repos. Malgré les efforts de Marjorie et de l'auxiliaire de vie scolaire aux cheveux bleus venue lui prêter main forte, impossible de le faire sortir des couloirs de l'école. Il entendait s'adresser à la directrice et à personne d'autre.

« Monsieur Herbaut, qu'est-ce que vous faîtes ici ? Vous savez que c'est interdit de rentrer dans l'enceinte de l'école sans autorisation !

Marie-Pierre, alertée par le bruit, s'était précipitée dans le couloir. Le père d'élève, impressionné par le ton de la voix de la directrice autant que par le prestige qu'il accordait à sa fonction, s'était subitement radouci.

– Oui, je voulais vous parler, Madame... C'est important, c'est par rapport à mon fils. Il se fait embêter tout le temps parce qu'il est blanc, c'est plus possible ça. Il faut les virer ces gamins-là, les jumeaux. Des vraies racailles, ceux-là. C'est eux qui mettent le bazar.

– Vous en êtes sûr ? C'est vraiment ce qu'on a dit à votre fils ?

– Comment ça ?

– Eh bien, je ne sais pas. Est-ce qu'un des jumeaux a traité votre fils de « sale blanc » ou de « sale Français », par exemple, quelque chose comme ça ?

– J'en sais rien moi... Oui, sans doute. Ils font tous pareil de toute façon.

– Ecoutez, je suis désolée, Monsieur Herbaut, mais sans preuve et sans témoignage, je ne peux rien faire... Et puis, je vais être honnête : moi qui leur fais la classe tous les jeudis, je n'ai jamais vu les petits Hadji embêter votre fils, comme vous dites. Jamais. C'est plutôt lui qui aurait tendance à se moquer d'eux quand ils éprouvent des difficultés sur un exercice.

– Bien sûr, vous les défendez... Comme par hasard... Ah si c'était un Juif mon fils, vous auriez pas trainé pour les punir.

– Pardon ? Qu'est-ce que vous venez de dire ?

– Non, rien... »

Le type regardait le bout de ses chaussures en faisant mine de repousser Marie-Pierre d'un geste de la main. Alors qu'elle se rapprochait et qu'elle insistait pour lui faire répéter ses propos, il bredouilla une rebuffade et prit soudain la fuite, comme un voleur pris sur le fait, en claquant la grande porte vitrée derrière lui. Les trois femmes restèrent interdites une seconde, observant le gros bonhomme s'éloigner en gesticulant. Arrivé au portail, il se retourna vers elles. Un flot d'insultes leur parvint distinctement à travers les carreaux.

En rentrant chez elle ce soir-là, Marie-Pierre n'aspirait à rien de mieux qu'à un repos indistinct et lourd au cours duquel elle aurait étouffé une partie de ses tourments. Dans le hall de l'immeuble, elle ouvrit machinalement sa boite aux lettres comme tous les soirs, sans espérer de miracle. À l'intérieur, une pile de prospectus dissimulait le reste du courrier au point qu'elle faillit tout jeter dans le grand bac commun, juste à côté de l'entrée, celui des déchets recyclables. De cet amas de papiers dépassait toutefois une longue enveloppe en craft, sur laquelle elle reconnut sa propre écriture. Il s'agissait d'une lettre en recommandé qu'elle avait envoyée au père de Sofiane deux semaines auparavant et qui lui revenait annotée par la Poste avec la mention NPAI (N'habite Pas à l'Adresse Indiquée). Rédigé sur les conseils d'un médiateur, ce courrier représentait son ultime espoir de régler à l'amiable cette affaire de pensions impayées. Si elle s'était faite à l'idée qu'il ne s'acquitterait jamais de cette dette, elle aurait apprécié (à tout le moins) qu'il s'en explique. Mais il fuyait, une fois de plus. Ychem était le galet qu'un destin fâcheux était venu jeter dans sa vie, quinze ans plus tôt, et elle devait composer avec les ondes qu'il y dessinait encore. Ça avait commencé comme ça, sans prévenir. Il était parti un matin, alors qu'elle était enceinte de Sofiane depuis seulement trois mois, prétextant un déplacement imprévu sur un chantier à l'étranger censé durer quelques jours, et puis n'était jamais revenu. Il s'était efforcé de garder le contact, au début, invoquant une situation complexe et des problèmes de passeport. Trois semaines plus tard, il avait cessé de répondre au téléphone. Et depuis, plus rien. Le silence, jour après jour, avait fini d'habiller ses mensonges du manteau du déshonneur.

Sans l'ouvrir, Marie-Pierre plaça l'enveloppe sur la pile de prospectus et balança le tout à la poubelle. Elle s'avança dans la pénombre vers la cage d'escalier. Le bouton de la minuterie ne fonctionnait plus, comme souvent en fin de semaine. Dès le début de la montée, le talon d'un de ses escarpins se descella en heurtant une marche et elle dut terminer son ascension pieds nus jusqu'au troisième étage. Elle venait d'atteindre le palier quand elle croisa Madame Dulucq, la voisine d'en face, qui lui adressa un regard fixe et rancunier. Depuis le couloir on entendait Sofiane hurler devant son ordinateur.

9

Sa fiche Wikipédia s'avérant succincte et trop peu documentée, Gilles dut s'astreindre à la consultation fastidieuse d'archives de différents blogueurs et chroniqueurs judiciaires afin d'en savoir davantage sur le fameux juge à la retraite. On y apprenait que Régis Keller, magistrat pourtant discret durant sa période d'activité, s'était officiellement retiré de la vie publique après le tollé suscité par un édito paru trois ans plus tôt dans un hebdomadaire souverainiste et conservateur. Sa tribune polémique contre les mouvements d'extrême-gauche et les partis écologistes, au sein de laquelle il renvoyait dos à dos « les invertis à la con et les convertis à l'Aïd », lui avait valu une admonestation de la part du Syndicat de la Magistrature et une mise à l'écart des principaux cercles d'influence. Aujourd'hui retranché dans une belle villa sur le Bassin d'Arcachon, il ne donnait plus signe de vie, ou tout au moins d'une quelconque activité sociale. Officiellement, personne n'allait le voir. On ne lui connaissait que de rares amis et presque pas de famille.

Léontine s'était montrée précise dans son courriel. Gilles devrait suivre à la lettre le plan fourni en pièce jointe pour espérer trouver l'imposante maison d'architecte au bout d'un long chemin forestier. Il devrait aussi s'annoncer au portail et patienter un certain temps, de longues minutes peut-être, jusqu'à ce que le juge Régis Keller vienne à sa rencontre accompagné de ses deux dogues argentins, assez impressionnants, avait-elle ajouté, mais plutôt doux. Tout se déroula comme annoncé, à la différence que ce ne fut pas l'ancien magistrat qui vint à sa rencontre mais un jeune homme en bermuda aux cheveux mi-longs et aux traits burinés. Gilles le suivit, sans poser de question, il était visiblement attendu. De forme rectangulaire et bardée de grandes baies vitrées, l'impressionnante bâtisse, toute blanche et moderne, ressemblait à une sorte de centre de vacances, une résidence collective de type *Center Parcs*, dont on aurait abattu les cloisons entre les différents appartements afin d'unifier l'ensemble. Dissimulée dans une épaisse pinède, elle disposait d'une vue panoramique sur l'océan ainsi que d'un sentier privé menant à une longue plage de sable fin. L'intérieur donnait l'impression d'une immense salle d'attente comme on en trouve à l'accueil de certains prestigieux cabinets d'avocats : de luxueux fauteuils de designers, un sol en béton ciré et divers meubles d'époque. Beaucoup d'objets d'art aussi et quelques murs végétaux, le tout très élégamment agencé. À la différence de Gilles, le jeune homme au look de surfeur semblait tout à fait à son aise dans ce décor. Sans doute vivait-il ici à l'année, s'occupant des affaires du juge. Après tout, il pouvait s'agir d'une sorte de secrétaire particulier ou peut-être même d'un garçon au pair, pensa Gilles presque naïvement. Les chiens restés à l'entrée, il était désormais seul à emboîter le pas de son guide jusqu'au bureau du juge. La pièce paraissait nettement plus sombre que le reste de la maison, sans doute en raison du parquet en chêne massif mais surtout des livres. Il y en avait partout, principalement des éditions anciennes : sur les longues étagères murales, recouvrant ce qui devait être une table basse, et même jusqu'au sol où des piles de bouquins formaient par endroit d'étonnantes structures stratifiées. Le magistrat se tenait assis à son bureau, une paire de lunettes sur le front. Ses deux mains sèches et osseuses reposaient devant lui et tapotaient sur un fatras de papiers. Il plissa des yeux en voyant arriver Gilles.

« Ah, voilà donc Monsieur Duvignac. Entrez, je vous en prie, vous trouverez bien un peu de place pour vous asseoir... Merci Quentin, tu es adorable. Je discute un peu avec Monsieur et je te rejoins pour déjeuner. »

Gilles prit place sur l'un des cabriolets Louis XV à tapisserie fleurie disposés devant le bureau du juge. À la manière dont le magistrat regarda sortir Quentin, il ne faisait aucun doute que le jeune homme remplissait une fonction importante dans la vie du retraité, en tout cas plus importante que celle d'un simple employé de maison.

« Je suis très heureux de vous recevoir Monsieur Duvignac, Léontine m'a beaucoup parlé de vous et de votre situation. Vous permettez que je vous appelle Gilles ? Ainsi vous me donnerez du Régis en retour et nous nous affranchirons des mondanités et des titres.

– Comme vous le souhaitez.

– Très bien... Avant toute chose, je voulais vous expliquer ce qui m'a amené à accepter de vous recevoir. Vous le savez, je suis désormais retraité de la magistrature et je tente, autant que faire se peut, de me tenir éloigné des débats qui l'agitent. Pour autant, il m'arrive de temps à autre de m'investir, à titre personnel et gracieux, auprès de groupes ou d'associations qui défendent des causes que je crois justes. La famille traditionnelle, au sens historique, religieux et moral, fait partie de ces causes.

Gilles écoutait le juge tout en le considérant de façon distante, comme s'il assistait à une visio-conférence ou à une émission de télévision.

– Je sais bien ce que vous pensez. Vous vous demandez ce qu'un vieux pédé comme moi peut bien avoir à faire de la famille traditionnelle.

– Euh non, enfin je ne sais pas…

– Eh bien, je dois admettre tout d'abord que comme beaucoup d'hommes de mon âge je me suis découvert, sur le tard, des penchants conservateurs et que, par ailleurs, il se trouve que vous avez devant vous un ancien enfant de la DDASS.

Fier de son effet de manche, Keller fit une pause et affecta soudain une espèce de solennité. Les yeux fermés, il parlait de son enfance, d'un vieil ami qu'il venait tout juste de perdre et de l'effroi que lui inspirait l'époque. On n'aurait su dire s'il s'adressait à Gilles ou s'il se parlait à lui-même et dans son seul plaisir. Au bout d'un moment, le vieux juge se tourna vers la fenêtre et perdit son regard sur l'océan.

– L'effondrement de la civilisation occidentale s'accélère, vous savez… Je pensais, il y a quelques années encore, qu'il prendrait un siècle mais ce sera finalement beaucoup plus rapide. Vous verrez, Gilles, ce pays n'en a plus pour très longtemps. Dans dix ou quinze ans, tout au plus, il ne restera qu'un tas de cendres sur lequel danseront des sauvages et des fous.

Gilles fronça les sourcils afin de marquer son scepticisme mais se rendit vite compte qu'on ne le regardait pas. De toute évidence, le juge souhaitait soliloquer, il n'attendait aucune réponse de sa part.

– Et puis ce fichu coronavirus m'a déçu, reprit le magistrat. J'avais espéré que d'une pandémie globale et meurtrière surgirait l'apocalypse. Je veux parler de l'apocalypse au sens premier et étymologique du terme, vous me comprenez, au sens de la révélation. Mais rien ne s'est produit si ce n'est une aggravation lente de la situation. Même la résurgence récente d'une archaïque guerre froide n'a fait que raviver le souvenir que, si l'histoire n'était pas encore définitivement écrite, nous Français avions choisi depuis cinquante ans de ne plus y participer. Et je ne vous parle même pas de l'état de notre démocratie et du spectacle désastreux des dernières élections présidentielles... Non, je crains que rien ne vienne plus nous sauver désormais.

– Pourquoi ne pas vous expatrier dans ce cas ? l'interrompit Gilles sur un ton impatient, presque irrespectueux. Pourquoi rester en France si la situation est aussi désespérée que vous le dites, si elle vous est à ce point intolérable ? J'imagine que ce n'est pas une question de moyens...

Gilles accompagnait son propos d'un geste ample de la main qui semblait désigner la décoration fastueuse et plus particulièrement les deux grandes toiles ornant le pan de mur derrière lui.

– Je me doutais bien que vous me poseriez la question. Vous connaissez le mot d'Edgar Quinet : Le véritable exil n'est pas d'être arraché de son pays, c'est d'y vivre et de n'y plus rien trouver de ce qui le faisait aimer… Je ne veux pas fuir ce pays car c'est le mien et je n'en connais pas d'autre. Comme le disait Houellebecq dans *Soumission*, je n'ai pas d'Israël. Non, dans l'absolu, je souhaiterais simplement quitter cette époque. C'est de ce type d'exil, et de celui-là seulement, dont il m'arrive encore de rêver. »

Le bruit du vent dans la pinède environnante conférait à ce moment une forme d'intensité dramatique. Le magistrat, ainsi inspiré, se lança à nouveau dans une longue diatribe au cours de laquelle il se risqua à une analogie entre les différents groupes humains sur la planète et la sociologie française du XVIIIème siècle. Les Blancs représentaient la noblesse, les Asiatiques les riches bourgeois commerçants, les Arabes dévots campaient le clergé et les Noirs constituaient le tiers état. Noyé dans ces concepts et encore endormi par le trajet en voiture, Gilles n'osait dire un mot et se perdait dans l'observation de divers bibelots et objets précieux disposés en évidence dans un meuble vitré. Alors qu'il couvrait du regard un imposant bronze en forme de minotaure, ou plutôt de chimère mi-homme mi-bouc, l'attention de Gilles se reporta soudain sur le juge qui venait d'évoquer le prénom de celle qui avait organisé cette rencontre.

« Léontine est une jeune femme brillante et très courageuse, mais je ne partage pas ses convictions religieuses. Ceux qui, dans ce pays, veulent encore croire à Dieu le père, à Jésus-Christ et à l'Esprit Saint sont de sacrés entêtés. Et leur obstination tient plus du besoin rituel que d'un authentique acte de foi, si vous voulez mon sentiment... Mais je pourrais en dire autant des juifs ou des musulmans. Pour tout vous dire, je considère que les religions révélées n'ont plus aucun avenir. Le progrès scientifique et la mondialisation les acculent aujourd'hui dans leurs derniers retranchements, les faisant verser dans l'extrémisme. Mais ce n'est qu'un dernier sursaut, elles ne résisteront pas très longtemps au tout-puissant matérialisme. Vous verrez.

Le juge considéra un instant la mine défaite de Gilles avant d'éclater d'un rire nerveux.

– Vous deviez vous attendre en venant ici à rencontrer un austère catho traditionnaliste, un doux dingue de la fraternité Saint Pie X ou je ne sais quelle paroisse intégriste et vous voilà devant un vieil anar, athée et homosexuel ! Je comprends votre étonnement... Des circonstances particulières, ainsi que quelques combats communs, m'ont fait croiser la route de Léontine et de ses camarades d'*Avenue Foch*. Leur fraîcheur et la noblesse de leurs intentions m'ont convaincu de les aider. Je ne suis pas sectaire, vous savez. Tout ce qui peut aller dans le bon sens, celui d'un humanisme raisonnable, d'un avenir apaisé et... disons... anthropologiquement sensé, trouve grâce à mes yeux et obtient aisément mon assentiment voire mon soutien.

– Léontine s'imagine que nous sommes en guerre et que ce qui m'arrive s'inscrit dans le cadre d'une énième bataille pour la sauvegarde de notre civilisation. Une croisade, en fin de compte, rien de moins. De ce que je comprends, vous n'en êtes pas là ? Très honnêtement, en ce qui me concerne, je souhaite simplement qu'on laisse ma fille tranquille.

– Je suis d'accord avec vous, mais il faut la comprendre. Léontine est une hégélienne, au sens où elle fantasme une sorte d'alliance entre Dieu et les hommes, le tout dans une perspective de progrès historique qui tendrait vers une forme d'Absolu. Enfin, le discours idéaliste allemand que vous devez connaître par cœur… Vous avez étudié la philosophie, je ne me trompe pas ?

– Oui, en effet… C'est elle qui vous l'a dit ?

– Elle m'a brièvement exposé votre parcours, c'est exact, ainsi que votre situation actuelle. C'est une femme brillante, vous savez, et j'ai confiance en son discernement. Car je vous avoue que l'idée de venir en aide à un écrivain bohème, ancien professeur de collège et étudiant marxiste, ne m'enchantait guère à première vue.

– Je ne renie rien de mon passé ou de mes anciens engagements syndicaux, et je peux partir sur le champ si vous le souhaitez.

– Détendez-vous, Gilles. Nous sommes entre gens civilisés. Sachez que je compte quelques amis qui, comme vous, ont connu des errements de jeunesse… Et puis, Marx était un disciple d'Hegel, n'est-ce pas ? Dans la dialectique matérialiste on retrouve l'antagonisme entre le monde des idées et le monde sensible. L'idéalisme et le matérialisme, je ne vous apprends rien. C'est d'ailleurs ce principe que la religion catholique a repris opportunément en dissociant l'Esprit Saint et le corps du Christ, car toute forme de transcendance ne peut naître que de cette confrontation. Du reste, dès lors qu'une civilisation ne sacralise que la Nature, qu'elle n'entend plus considérer que la dimension matérielle de l'Univers, on bascule dans l'immanence et alors c'est la fin. Voyez-vous, mon cher Gilles, je pense que nous sommes parvenus à ce point de basculement. Je pense que c'est la fin.

– Hum… Si j'essaie de vous suivre, vous considérez que l'Occident est foutu parce qu'il est devenu majoritairement athée ? C'est bien ça ?

– C'est plus ou moins ça, oui, même si je n'emploierais pas le mot d'athée mais plutôt d'areligieux. Je suis moi-même athée hein, mais ce n'est pas parce que je ne crois pas en Dieu que je ne regrette pas la disparition d'une morale religieuse au profit de… de je ne sais quels préceptes relativistes et égalitaristes. Car, selon moi, ce sont derrière ces prétendues valeurs que resurgissent les ressentiments et les plus bas instincts. Les haines de classe et de race. Nos adversaires existent, ils servent cette idéologie totalitaire, transhumaniste et racialiste. Comme jadis l'extrême droite, ils cherchent à gagner le peuple à leur tour, mais un nouveau peuple qui, je l'espère, n'existe pas ou pas encore. De notre côté, ce que nous essayons de faire, avec Léontine et quelques autres, et chacun à sa manière, c'est de les en empêcher.

– Pfff… Pardon mais il n'y a rien de tout cela, si vous voulez mon avis. Ces gens dont vous parlez ne représentent rien, en tout cas ils ne me paraissent pas dangereux. Je crois plutôt que nous assistons, depuis la crise écologique et sanitaire et même avant cela, à une dérive interventionniste de l'État dans tous les domaines. Et que désormais ça touche même les enfants, dès leur plus jeune âge. Moi c'est ça qui me choque par-dessus tout, car je suis attaché à la liberté individuelle, c'est mon côté kantien. Oui, je ne suis pas un vrai marxiste, comme vous aimeriez le croire, en tout cas je ne le suis plus... Enfin, ce n'est pas le sujet. Maintenant, si vous pouvez m'aider à protéger ma fille, je vous en serai infiniment reconnaissant, mais pour le reste ce sera sans moi. Je vous laisse à vos questionnements métaphysiques et à vos guerres de civilisations. »

Leurs regards se bravèrent un instant, puis ils se turent. Un voile d'indulgence passa sur le visage du magistrat, son sourire attendri désarma Gilles. La tension retombait peu à peu laissant place à une forme de gravité.

Le vieux juge chaussa alors ses lunettes et entreprit de parcourir les quelques documents disposés en vrac sur son bureau. Il s'agissait principalement de courriels imprimés, certains se trouvaient annotés au stylo ou bien surlignés par endroit. Le magistrat prit le temps de les relire un à un, durant de longues minutes, soupirant entre chaque page. Enfin il leva la tête vers Gilles, qui n'avait pas bronché.

« Bon, on devrait pouvoir négocier un aménagement de la sanction et éviter ainsi que l'on vous déchoie de l'autorité parentale. Mais pour ce qui concerne le retour à une garde alternée, je ne vous garantis rien... Sinon, il n'y a pas d'éléments manquants dans votre dossier ? Vous n'avez rien à vous reprocher, pas de casseroles particulières ?

– Que voulez-vous dire ?

– Est-ce que votre ex-épouse pourrait mettre en avant d'autres arguments qui pourraient justifier de vous retirer la garde de votre fille ?

– Non, aucun, je ne vois pas. Enfin, si... Elle me reproche toujours la même chose quand on se voit. Comme la petite ne parle presque plus depuis notre séparation, Juliette pense que c'est ma faute.

– Humm, je vois. Est-ce que vous êtes un père plutôt fusionnel ? Vous est-il arrivé de dormir avec votre fille par exemple ?

– Euh... Je ne sais pas. Parfois, oui, quand elle est un peu malade, par exemple, ou lorsqu'elle a peur du noir.

– Ah. Ça c'est embêtant, voyez-vous. Ils pourraient facilement jouer la carte de l'attouchement incestueux.

– Non mais ça ne va pas ? Je n'ai jamais...

D'un bond, Gilles s'était levé de sa chaise et scrutait les réactions du juge d'un air menaçant.

– Calmez-vous, Gilles. Je sais bien que vous êtes un père exemplaire. Enfin non, je n'en sais rien mais on l'imagine aisément en vous regardant. Toutefois, je me dois de vous prévenir, c'est mon rôle. Ils pourraient très bien essayer d'instiller le doute chez le juge en rapprochant le mutisme de votre fille de ces quelques fois où vous avez dormi avec elle.

– Mais c'est... C'est immonde.

– C'est le jeu dans ce type d'affaire aujourd'hui. Si nous devons porter ce combat ensemble, aussi loin qu'il est nécessaire, il vous faut envisager d'entendre le pire. »

Les rafales de vent s'intensifiaient, se fracassant tour à tour contre les immenses baies vitrées. Elles faisaient vibrer jusqu'à la structure même du bâtiment dans une sorte de grondement sinistre et sourd. À l'horizon, d'épais nuages noirs, annonciateurs de tempête, se dessinaient nettement sur un ciel de tourbe. Gilles se rassit et écouta sans sourciller les propos rassurants du magistrat. Ce dernier userait de son influence pour assouplir la décision du juge, il n'y avait pas lieu de s'inquiéter. Sa seule réserve concernait le calendrier : même en s'y prenant au plus tôt, la situation ne pourrait évoluer positivement avant la rentrée de septembre. Durant cette période, il convenait pour Gilles de demeurer discret. Surtout ne pas faire de vague. Compte tenu du contexte politique, il fallait se montrer calme et patient ; tout se déroulerait en coulisses. Lorsque Keller l'interrogea du regard, le père de Chloé répondit par une sorte de grognement assorti d'une moue énigmatique qui, dans la situation présente, pouvait tout signifier.

10

De : Régis Keller
À : Léontine de Boisvilliers <leontine.deboisvilliers@avenue-foch.net>
Ven. 21/03/2025 10:42
Sujet : Entretien avec Gilles Duvignac

Chère Léontine,
Je tenais à vous faire part de ma première impression, au lendemain de la visite de Gilles Duvignac.
Sachez tout d'abord que je n'ai aucun doute sur la sincérité de cet homme et de sa douleur, ainsi que sur sa bonne foi. Vous avez bien fait de vous intéresser à lui, tant son cas me semble caractéristique et parfaitement à même d'émouvoir l'opinion publique.
Je souhaiterais toutefois attirer votre attention sur un point. Ce bon monsieur me paraît très émotif, à fleur de peau, et, même si on le comprend aisément compte tenu de sa situation, je crains qu'il ne soit capable de sorties médiatiques hasardeuses (ou même d'un coup de folie) qui brouilleraient le message et nuiraient à la cause que nous souhaitons défendre.
D'un point de vue strictement juridique, la décision du Juge des Affaires Familiales est fondée en droit. Elle ne peut être

discutée sur le fond. Je peux toutefois m'entretenir avec lui et tenter d'obtenir une révision de ce dossier sur la base de nouveaux éléments, comme des témoignages de la famille ou des proches par exemple. Qu'en pensez-vous ? Peut-être avez-vous déjà recueilli ce type d'informations durant votre enquête ? Je vous laisse étudier cela calmement avec Monsieur Duvignac et me recontacter si vous souhaitez que j'intervienne directement auprès du juge.

Amicalement,
Régis Keller

De : Léontine de Boisvilliers <leontine.deboisvilliers@avenue-foch.net>
À : Régis Keller
Ven. 21/03/2025 11:16
Sujet : RE: Entretien avec Gilles Duvignac

Merci Régis,
Je comprends tout à fait ce que vous voulez dire. Comme vous, je suis convaincue de la sincérité de Gilles. Même s'il a pu conserver quelques amitiés douteuses, je ne pense pas une seconde à un piège tendu par le camp d'en face ou les médias de gauche. Pour le reste, Gilles ne me semble pas dangereux, ou même imprévisible. Il ne tentera rien d'irréfléchi, j'en suis certaine, il aurait bien trop peur de perdre définitivement sa fille. Et puis je ne le lâcherai pas, rassurez-vous, je ferai en sorte d'éviter tout risque de dérapage.

Mon enquête n'en est qu'à ses débuts et je manque d'éléments probants. Gilles est un solitaire et il se montre encore méfiant avec moi, ce qui ne facilite pas les choses. Il n'a pas de famille ou presque. J'ai contacté son ex-femme mais elle ne souhaite pas s'exprimer. De ce que j'ai compris, elle ne semble pas vouloir accabler le père de sa fille mais simplement s'en tenir aux consignes de son avocat. Quant à la directrice de l'école, elle refuse de me parler. Je suis donc un peu coincée de ce côté-là. Si vous pouviez prendre contact avec le Juge des Affaires Familiales, il me semble que ce serait le plus efficace afin de débloquer cette situation et, dans un premier temps, permettre à Gilles de retrouver un peu d'espoir.

Bien à vous,
Léontine

De : Marie-Pierre Hirigoyen<marrhigoy64@gmail.fr>
À : Ychem El Amrani<ychemchamp4morocco@yahoo.fr>
Dim. 23/03/2025 17:18
Sujet : <aucun>

Bonjour Ychem,
J'imagine que tu ne répondras pas à ce message même si je sais très bien que tu vas le lire. Alors voilà, afin que tu sois rassuré une bonne fois pour toutes, sache que je n'attends plus rien de toi. Je renonce à me battre pour récupérer l'argent que tu me dois, ou plus exactement celui que tu dois à ton fils. Depuis que Sofiane a été diagnostiqué TSA

(autisme léger, en clair) j'ai droit à des aides financières de la MDPH. Avec le petit complément de salaire que je touche maintenant que je suis directrice, j'arrive à m'en sortir sans demander le soutien de mes parents. Aujourd'hui c'est tout ce dont j'ai besoin, je suis autonome. Comme tu ne répondais à aucun courrier, je me suis rendue la semaine dernière chez tes parents et je suis restée devant la porte jusqu'à ce que quelqu'un veuille bien me parler. Au bout d'un moment ton frère est venu et m'a dit que tu avais refait ta vie à Rabat... Je ne sais pas si c'est vrai mais enfin, si c'est le cas, je te souhaite d'être heureux. Sofiane va bien, au cas où tu te poserais la question. Il est devenu plus calme avec son nouveau traitement et peut maintenant poursuivre une scolarité normale. Il ne parle pas beaucoup mais il commence à s'ouvrir aux autres. Depuis peu, il s'intéresse aux filles par exemple. Voilà, c'est tout ce que tu as besoin de savoir. S'il demande à te revoir un jour, je te tiendrai au courant, bien entendu, mais pour l'instant il ne veut pas entendre parler de toi.

Allez, bonne chance et bon vent.
Marie

De : Régis Keller
À : Léontine de Boisvilliers <leontine.deboisvilliers@avenue-foch.net>
Jeu. 03/04/2025 14:55
Sujet : RE: RE: Entretien avec Gilles Duvignac

Chère Léontine,
J'ai le regret de vous annoncer que les nouvelles sont rares et peu rassurantes concernant le cas de notre écrivain, Gilles Duvignac. Si j'ai bien réussi à contacter le JAF en charge de ce dossier, celui-ci s'avère peu disposé à m'entendre. Il semble se murer dans une attitude inflexible et rester sourd à mon exposé. Une chose est certaine : tant qu'il n'aura pas obtenu de M. Duvignac qu'il se rende à sa convocation, il ne bronchera pas. Comme je vous le disais dans un message précédent, son jugement est fondé en droit et mes arguments ne pèsent pas lourd en regard des pressions auxquelles il me semble soumis. Depuis une dizaine de jours ce brave juge est même devenu injoignable.
Malheureusement, je crains d'avoir usé de tous les moyens d'action possibles, les moyens officiels en tout cas. Il serait sans doute utile de changer de stratégie. Peut-être conviendrait-il désormais de faire davantage de bruit et de médiatiser l'affaire autant que possible afin d'inciter le juge à reconsidérer son approche du dossier. Tenez-moi au courant de la sortie de votre papier, j'essaierai de mon côté de réfléchir à des solutions alternatives.

Amicalement,
Régis Keller

De : Juliette <jjroyer_perso@yahoo.fr>
À : gilles_duvignac@hotmail.fr
Sam. 05/04/2025 9:37
Sujet : Chloé

Bonjour Gilles,
Tu n'as sans doute pas écouté mon message vocal. Je te disais que je suis allé voir le docteur Toboul à la clinique Bordeaux-Nord pour lui parler de notre situation et du protocole RSHT. Elle ne voit aucun inconvénient à ce traitement. Elle estime que ça ne ferait pas de mal à Chloé de voir un autre praticien pendant quelques semaines, et elle pense même que ça peut être complémentaire aux séances que Chloé fait avec elle. Tu te souviens, elle nous avait déjà dit que Chloé refoulait une forme d'agressivité à la suite de la séparation. Le Dr Toboul pense que ça a très bien pu ressortir dans la cour de l'école, par des comportements agressifs sur ses camarades. Donc tu vois, c'est cohérent.
Je sais ce que tu penses des psy, mais cette femme est très bien. Elle fait ce qu'il y a de mieux pour Chloé et notre fille progresse grâce à elle, depuis un an. Et puis, je te le répète : si tu signes les papiers, je me chargerai de tout. J'accompagnerai Chloé aux séances RSHT, tu n'auras à t'occuper de rien. À la rentrée tout sera terminé et le juge pourra reconsidérer ton cas et, qui sait, peut-être qu'il remettra la garde partagée, comme avant. Allez, s'il te plait, il faut que tu mettes de côté tes principes pour une fois. Et ta susceptibilité aussi. D'accord, on sera parmi les premiers à expérimenter ce protocole mais ça ne va pas

traumatiser Chloé, le Dr Toboul me l'a assuré, et puis ça va dans le bon sens. Ça l'aidera aussi pour son avenir, plus tard elle sera plus ouverte, elle fera davantage attention à ne pas blesser les autres. On en a beaucoup parlé avec Laurent et il est d'accord avec moi. En fait, on craint surtout que ton entêtement finisse par nous attirer des ennuis. À nous tous, mais surtout à Chloé...
Alors pense à ta fille, Gilles. Pense un peu à elle. S'il te plaît.

Ju

De : Valérie Cholet <v.cholet-dsden33@ac-bordeaux.fr>
A : Marie-Pierre Hirigoyen <maritxu_hirigoy64@gmail.fr>
Lun. 07/04/2025 10:54
Sujet : RE: Protocole RSHT

Madame Hirigoyen,
Je me permets de revenir vers vous au sujet de la gestion du cas de RSHT dans votre établissement. Comme je vous l'avais indiqué il y a peu par téléphone, il s'agit pour le rectorat d'une question prioritaire. C'est ainsi que nous venons d'obtenir du ministère un élargissement du champ d'application du décret autorisant l'accord d'un seul des parents. Initialement conçu pour faciliter la vaccination des enfants de moins de seize ans, il vient d'être étendu à toutes les situations de la vie scolaire (sorties, activités sportives et périscolaires, procédures disciplinaires, etc.). Dans ce cadre, nous avons désormais l'aval et même le soutien de Madame la Ministre

pour lancer au plus vite les protocoles RSHT qui demeuraient en attente en raison du défaut de l'accord d'un des parents. Vous trouverez donc, en copie de ce courriel, l'ensemble des éléments nécessaires à la prise en charge effective du cas de RSHT de l'école maternelle Bordeaux Bastide (enfant Chloé Duvignac). Il s'agit de la documentation officielle (RSHT Miller protocol V1.4, en anglais) certifiée par le ministère ainsi que de la liste des thérapeutes habilités du département.
Vous l'avez compris, il n'est plus nécessaire d'attendre qu'une éventuelle procédure de déchéance d'autorité parentale, lancée à l'encontre de M. Duvignac, parvienne à son terme. Nous disposons du soutien de l'État (au plus haut niveau) pour instruire ce cas dès aujourd'hui.
J'espère que vous ne manquerez pas de me tenir informée de l'avancée de la mise en place du traitement ainsi que des premiers résultats obtenus. Dans l'idéal, il conviendrait de boucler le dossier d'ici la fin des vacances de printemps. Je vous rappelle que la visite de Mme la Ministre dans votre établissement est toujours envisagée pour le début du mois de juin.

Bien cordialement,
Valérie Cholet
Inspectrice d'Académie & Directrice académique adjointe
Rectorat de Bordeaux / DSDEN de la Gironde

De : Marie-Pierre Hirigoyen<marrhigoy64@gmail.fr>
À : Valérie Cholet <v.cholet-dsden33@ac-bordeaux.fr>

Mer. 16/04/2025 14:22
Sujet : RE : RE: Protocole RSHT

Bonjour Mme Cholet,
Pardon pour ma réponse tardive, mais j'étais très occupée ces derniers jours. La cour de l'école (et parfois même les bâtiments) sont régulièrement dégradés la nuit ou le week-end. C'est pourquoi je dois me démener auprès de la mairie pour trouver des solutions concrètes à ces nuisances.
Concernant la petite Chloé, il m'apparait que la situation est suffisamment tendue pour éviter de jeter de l'huile sur le feu. Depuis quelques semaines, la garde alternée a été suspendue par le juge pour enfant au profit d'une garde exclusive de la mère. C'est elle-même qui me l'a dit, et il me semble que c'est suffisant. Je suis convaincue que cela va porter ses fruits, que le père finira par répondre aux convocations du juge et qu'il signera à son tour (ne serait-ce que pour récupérer la garde alternée). Dans ce contexte, je préférerais attendre encore un peu afin d'obtenir l'accord des deux parents et éviter ainsi un possible conflit. J'ai déjà reçu cet homme plusieurs fois et il m'a l'air très fatigué, presque *borderline*... Bref, il me semble que ce serait mieux de prendre le temps d'obtenir son consentement plutôt que de risquer de l'humilier.
Mais ne vous inquiétez pas, j'ai bien conscience des enjeux et de vos attentes. Je ne manquerai pas de vous tenir au courant de l'évolution de la situation.

Bien à vous,
Marie-Pierre Hirigoyen

11

Léontine croyait en la noblesse de son combat, tout autant qu'en la victoire finale, au point de s'oublier devant la gravité de son engagement. Ainsi, elle pourchassait l'injustice et les « ennemis de la France », sans relâche, jusque dans l'anecdotique et parfois même le ridicule. Elle n'hésitait pas, par exemple, à porter plainte contre des rappeurs de quinze ans ou des activistes écolos un brin doux-dingues dès lors qu'ils osaient s'en prendre à un symbole de la nation. Elle se fichait bien d'écorner son image, tant son cas personnel lui paraissait secondaire. Autour du cou, elle portait en permanence un médaillon doré à l'intérieur duquel se logeait un minuscule portrait de sa tante défunte. Une photo jaunie prise l'année de sa mort, à l'âge précis qu'avait Léontine au moment de ce récit. Comme si ce poids n'était pas assez lourd, la jeune journaliste comptait en endosser davantage et charger ses frêles épaules du fardeau de l'Histoire et du devoir des vivants. Mais s'il existe des sangs pour charrier ces envies-là, d'autres y sont hermétiques, comme celui d'Enguerrand, par exemple. Lui n'était pas de la trempe des hussards, rien ne pouvait le mener à l'action, pas même un orgueil surdéveloppé. Au grand désespoir de son père, un ancien garçon coiffeur de Clamart qui s'était élevé au rang d'honnête bourgeois en l'espace d'une vie de labeur et qui détenait toujours trois salons de standing dans l'ouest parisien, Enguerrand avait hérité de sa mère un certain goût du luxe et de l'oisiveté. C'était elle qui en avait obtenu la garde au jugement du divorce, elle qui désormais le protégeait des critiques et l'encourageait à se frayer un avenir doré dans les médias, elle encore qui payait ses factures et le loyer de sa garçonnière dans le XVème arrondissement.

Ce soir-là, en se rendant chez lui après douze heures passées au bureau, Léontine le trouva une nouvelle fois inerte, étalé sur son lit. Il avait trop bu la veille et n'avait rien accompli de sa journée. Ce n'était pas le genre d'accueil dont elle avait rêvé, surtout après l'annonce qu'on venait de lui faire, mais elle ne s'attendait pas à autre chose en fin de compte.

« Tu ne devineras jamais ce qui vient d'arriver ? lui asséna-t-elle, feignant de ne pas remarquer le désordre et l'apparence désastreuse de son compagnon.

– Sans doute, mais tu vas me le dire...

Tandis qu'Enguerrand, qui venait de se lever à la hâte, s'affairait à un minimum de rangement, Léontine ôta ses Stan Smith blanches et s'allongea sur le lit, les bras le long du corps. Cherchant à maîtriser son récit comme son rythme respiratoire, elle se mit à scruter les moulures de plâtre au plafond.

– Durieu est venu me voir en fin d'après-midi pour m'annoncer qu'il allait quitter le journal. Il va prendre sa retraite et il tient à ce que ce soit moi qui reprenne son poste de rédac' chef... Il m'a dit qu'il en avait déjà parlé aux patrons d'*Avenue Foch*, à plusieurs reprises, et qu'ils sont d'accord avec lui... Je te promets, j'étais scotchée quand j'ai entendu ça.

– Ah mais c'est une formidable nouvelle ça, Léo... C'est top, vraiment. Toutes mes félicitations, tu le mérites.

– Merci, c'est gentil... Enfin, je ne sais pas si je le mérite tant que ça, mais c'est gentil de me le dire en tout cas.

– Non seulement, tu le mérites mais je ne vois personne d'autre capable de prendre ce poste. Bien sûr, tu es beaucoup plus jeune que Durieu mais tu as déjà un *track record* impressionnant. Et puis tu es hyper populaire, tu es devenue l'image d'*Avenue* Foch maintenant. Je le vois bien, sur Insta ou quand on sort ensemble. Les gens t'arrêtent dans la rue tous les cent mètres pour des selfies, alors que les dinosaures comme Durieu, tout le monde s'en fout.

– Tu exagères... Pierre-Marie est encore très influent même s'il se fait discret publiquement. Et puis, c'est quelqu'un de bien. »

Les propos d'Enguerrand avaient visiblement heurté la jeune femme dont le regard bleu métallisé, qui s'était reporté sur son compagnon, se trouva tout à coup assombri. Léontine n'aimait pas qu'on raille ses aînés à tout bout de champ, considérant que sa génération n'avait rien de particulier à reprocher aux précédentes, en tout cas qu'elle n'avait pas à leur donner de leçons. Il s'agissait, selon elle, d'un comportement infantile, typique d'une société immature et incapable d'assumer la responsabilité de son destin. À ce propos, et c'était sans doute l'effet de ses sourcils qui se rejoignaient, Enguerrand donnait une fausse impression de sérieux et de maturité mais se trouvait souvent trahi par une intonation trop aiguë ou un rire puéril. Cela faisait partie de ses petits défauts, ceux qu'elle ne lui reprochait pas directement mais qui la gênait parfois, surtout en public. Au-delà du cas particulier d'Enguerrand, elle en était venue à ne plus supporter les complaintes de ces adultes avec des voix d'adolescents, ces voix niaiseuses qui lui paraissaient chaque jour plus omniprésentes dans les sphères de pouvoir. Des consultants aux ministres en passant par les chefs de cabinet, elle ne croisait plus que de grands benêts imberbes dont la virilité n'avait jamais été éveillée par l'effort physique ou l'âpreté d'une vie simple. Beaucoup de femmes-enfants, aussi, à la séduction factice et qui n'ont de la maternité qu'une idée lointaine. Voilà ce qu'elle voyait et surtout ce qu'elle entendait. Au point qu'il lui arrivait, durant ses journées de travail, de s'octroyer une pause afin de réécouter d'anciens débats politiques à la télévision, sur la chaîne YouTube de l'INA par exemple. Certains orateurs avaient sa préférence. Elle affectionnait particulièrement les voix de Georges Pompidou, de François Mitterrand et celle, surtout, de Marie-France Garaud.

Tandis qu'elle soupirait de dépit, Enguerrand lui proposa soudain de dîner au restaurant afin de fêter la nouvelle de cette promotion inattendue. Il n'était pas encore vingt heures, ils pouvaient trouver une bonne table sans réservation. Ce que Léontine ignorait en acceptant spontanément son invitation, c'est qu'il avait décidé ce soir-là de lui faire sa demande. Enfin, pas une vraie demande en mariage – à presque trente-huit ans, il s'estimait trop jeune pour cela – mais plus exactement une proposition d'emménager ensemble dans un nouvel appartement, un loft lumineux et spacieux en étage élevé que sa mère louait auparavant à un couple d'architectes et qu'elle souhaitait récupérer pour son fils. En choisissant ce moment pour dévoiler ses intentions, Enguerrand pensait bénéficier de circonstances favorables. Certes l'agenda avait été un peu bousculé par l'annonce de ce vieux Durieu, mais il estimait que le contexte d'un repas en amoureux s'avèrerait propice à l'émergence d'une sorte d'ambiance euphorique et libatoire, facilitant ainsi sa déclaration et lui permettant, à coup sûr, d'emporter l'adhésion de la jeune femme. C'était tout à fait illusoire et quiconque un tant soit peu perspicace et moins égocentré que lui s'en serait aussitôt rendu compte. Elle allait, à l'évidence, considérer ces deux propositions d'évolution de sa vie sociale de manière totalement indépendante et rationnelle. Léontine n'était pas le genre de pierre dont on fait deux coups.

Le petit restaurant italien, dont Enguerrand pensait flatter la renommée en le qualifiant de *Trattoria* mais qui se voulait en fin de compte un vrai *Ristorante*, se trouvait à deux pas de son appartement, en bas de l'avenue Félix Faure. Malgré une forte affluence, le serveur s'avéra courtois et les plaça sur une table de deux, contre la vitrine. C'était une pratique fréquente, chez les restaurateurs de la capitale, que de disposer en devanture les jolies femmes, en tout cas celles jugées conformes aux standards du « chic parisien ». Certains professionnels soutenaient que ça influait directement sur l'image du lieu et son *e-réputation*, mais on avait surtout constaté que ça faisait davantage rentrer les touristes asiatiques. Juste à côté d'eux s'étaient attablés deux hommes d'âge mûr, disons dans la cinquantaine, dont tout laissait penser qu'ils devaient travailler dans la banque, ou l'assurance peut-être, et y occuper des postes à responsabilité. Le plus rond, situé à la gauche d'Enguerrand, fut le premier à remarquer Léontine, dont la robe bustier (particulièrement seyante) ainsi que la chevelure déliée renforçaient encore le pouvoir de séduction. Il ne manqua pas d'avertir son comparse au moyen de clins d'yeux et de coups de mentons appuyés. L'autre, assis à droite de la journaliste, disposait de larges épaules et d'un physique avantageux dont il devait avoir beaucoup usé, au point de lui conférer une assurance presque arrogante. C'est lui qui le premier adressa la parole à Léontine, implorant son aide précieuse au prétexte qu'il ne comprenait pas la différence entre des *linguini* et des *spaghetti*. Elle lui répondit poliment que les *linguini* étaient plutôt de forme plate mais qu'en effet on ne voyait pas tellement la nuance à première vue. Le vieux beau dégaina alors son sourire le plus charmeur et tenta de poursuivre la conversation sur l'intérêt d'être bien accompagné lorsqu'on se rend au restaurant, ironisant sur l'âge avancé et l'embonpoint de son collègue. Bref, il la draguait ouvertement. Tout en contenant les assauts un brin lourdingues de son voisin, Léontine jetait des coups d'œil réprobateurs en direction d'Enguerrand qui persistait à faire semblant de consulter son téléphone portable. Une nouvelle fois, il comptait dissimuler sa pleutrerie derrière un faux détachement. Quelques mois plus tôt, sur une chaine de télévision du service public, Léontine avait été la cible d'une imitation grossière exercée par un humoriste transgenre qui, pour appuyer son effet, s'était affublé d'une perruque rouge et de swastikas sur les tétons. À cette occasion, elle aurait apprécié qu'Enguerrand la défende, mais il n'avait su témoigner, une fois encore, du moindre courage physique. Quand elle lui avait demandé pour quelle raison il n'était pas allé casser la figure à ce « bouffon subventionné », comme elle l'avait qualifié, Enguerrand avait alors prétexté que ç'aurait été lui accorder trop d'importance et que, de toute façon, ça ne se faisait pas de frapper une fille, quand bien même celle-ci se serait fait greffer un pénis.

« Alors, c'est prévu pour quand ta promotion au poste de rédac' chef ? J'imagine que tu vas négocier une belle augmentation au passage, non ?

Profitant de l'arrivée du serveur, Enguerrand avait posé son iPhone à côté de son verre afin de reprendre sa conversation avec Léontine comme si de rien n'était, c'est-à-dire sans véritable attention, sans donner l'impression d'avoir été embarrassé par le culot de ses voisins de table, et surtout sans avoir eu à s'imposer.

– Il faudrait déjà que je l'accepte, soupira Léontine. Et je ne suis pas si sûre que ça d'en avoir envie...

– Ah bon ? Et pourquoi donc ?

Elle prenait un temps de réflexion. C'est alors que le serveur, qui venait de s'occuper des banquiers quinquas, sauta sur l'occasion pour demander au couple ce qu'ils avaient choisi. Elle commanda une salade au *pecorino* et lui, après une fausse hésitation de quelques secondes, opta comme à son habitude pour une pizza *margherita*. Le serveur disparut en cuisine et Enguerrand répéta alors sa question, visiblement surpris de l'embarras qu'elle avait suscité quelques instants plus tôt. Le regard de Léontine se perdit à travers la baie vitrée qui vibrait légèrement au rythme du trafic.

– Je ne sais pas, je pense que je suis peut-être plus utile sur le terrain, finalement... D'ailleurs, je crois que je vais retourner à Bordeaux dans quelques jours. Gilles Duvignac se trouve dans une détresse terrible, je l'ai eu au téléphone ce matin. Il n'a pas vu sa fille depuis presque un mois maintenant et il parle de démarrer une grève de la faim.

– C'est toujours ton *boomer*, c'est ça ? Celui à qui on a enlevé la garde de sa gamine ? Je trouve que ça dépasse un peu le cadre de ton enquête, non ? plaisanta-t-il, non sans une légère anxiété. C'est marrant, on dirait que tu veux toujours faire du social, que c'est plus fort que toi... Je ne le critique pas hein, mais franchement, avec toutes les assos que tu aides et le temps que tu donnes à la paroisse, il me semble que tu n'as rien à te prouver.

– Pour commencer, Gilles doit tout juste avoir une dizaine d'années de plus que toi, donc si c'est un *boomer*, alors tu n'en es pas loin. Au passage, j'ai l'impression que tous les plus de quarante ans rentrent pour toi dans la catégorie des *boomers*, ce qui, par définition, est absurde, lâcha-t-elle un ton plus haut afin que ses voisins de table puissent l'entendre. Peut-être même que le simple fait d'utiliser encore ce terme de *boomer* en 2025 suffit à faire de toi un *boomer* en fin de compte ? Enfin, c'est à voir... Pour le reste, je n'ai rien à me prouver, je te le confirme. Ce que je fais pour les autres, je ne le fais pas pour moi, je le fais par conviction. Parce qu'il me semble que c'est juste, tout simplement.

Pensant flatter la jeune femme en lui rappelant son investissement au sein de diverses œuvres caritatives, il n'avait fait qu'aggraver son cas. Car Léontine détestait que l'on évoque son engagement auprès des pauvres, elle estimait qu'elle ne faisait qu'accomplir son devoir de chrétienne. Du reste, malgré de nombreuses sollicitations, elle avait toujours refusé d'exercer une responsabilité quelconque au sein des associations qu'elle soutenait. Elle invoquait le manque de temps, prétendait que son travail l'occupait jusque très tard le soir et même les week-ends. Dans les faits, elle ne souhaitait aucune publicité et se méfiait, par-dessus tout, des professionnels de la compassion. « Ces gens-là ne pensent qu'à eux-mêmes, avait-elle confié à son père un dimanche après la messe, ils ne s'occupent des autres que dans le but d'afficher leur supériorité morale. »

Tout en feignant de ne pas remarquer les œillades que lui lançait le vieux banquier matamore, Léontine tenta durant tout le repas de rallier son compagnon à la cause de Gilles et, plus généralement, à celle de ces Français qui, chaque jour plus nombreux, refusaient de se laisser asservir. Mais Enguerrand se fichait bien de l'affaire et persistait à ne vouloir raisonner qu'en termes de concepts systémiques et de mouvements inéluctables.

– De toute façon, dans cette France de tribus, il n'y a plus de fait majoritaire. Plus rien ne fait consensus, c'est comme ça. C'est ingouvernable, et les modernes l'ont très bien compris d'ailleurs. Ils misent sur la fin de la politique, voire des idées en général, et ils ont raison. Tant que ce pays restera fragmenté en communautés, et ça n'a pas de raison de changer, nous ne serons toujours administrés que par des gestionnaires. Des types dont le boulot est de faire coexister ces groupes humains dans un contexte économiquement stable... En fait, c'est une question de nombre, Léontine. Les quelques cas que tu me cites ne représentent rien par rapport à l'évolution démographique. Depuis que la France n'est plus blanche et catholique, elle a perdu son identité et, par voie de conséquence, sa souveraineté. Et à moins que tu en expulses la moitié des habitants, elle ne les retrouvera jamais... C'est un fait, c'est clair. Fin de l'histoire.

– Ce qui est clair, c'est qu'avec des défenseurs comme toi, la France n'a plus besoin d'ennemis. »

Léontine s'était relevée contre le dossier de sa chaise. Le buste droit et le menton altier, elle faisait signe au serveur d'apporter l'addition. Son regard était dur et portait loin, très loin au-dessus des autres, de sorte qu'elle semblait seule dans la pièce à ce moment précis. Telle une Minerve en porphyre, il se dégageait de sa posture une autorité presque surnaturelle face à laquelle le dandysme crépusculaire d'un Enguerrand avachi se trouvait ramené à une dimension vulgaire et mesquine, une manière cynique de se réjouir de sa propre impuissance.

Après cinq minutes de silence qui lui parurent interminables, et soucieux de se rattraper en se montrant bon payeur, Enguerrand se leva lentement et se dirigea vers le comptoir pour y régler la note. Dès qu'il eut le dos tourné, Léontine se saisit de son portable, commanda un *Uber* à l'angle de la rue de la Convention et fila à l'anglaise. Dehors, le vent s'empara d'elle, humide et doux. Les trottoirs étaient déserts. En remontant l'avenue à grandes enjambées, elle tendait l'oreille au silence bourdonnant. Elle s'attendait, d'un instant à l'autre, à ce qu'Enguerrand l'interpellât ou la rattrapât en courant. Il n'en fut rien. Pour seule réaction, l'agent de youtubeurs lui adressa un court message vocal sur *WhatsApp*, dix minutes plus tard. Amer mais calme, il s'y plaignait du comportement de la jeune femme. Il confessait aussi, en conclusion, qu'il l'aimait et s'apprêtait justement à lui proposer d'emménager avec lui dans son nouvel appartement mais que, si c'était comme ça, elle pouvait bien rester où elle était... Léontine écouta le message jusqu'au bout, sourit mélancoliquement mais ne répondit pas. Elle posa son front contre la vitre tandis que la berline noire filait silencieusement à travers les artères éclairées. Arrivée dans son petit appartement de la rue Vavin, elle lança, sur son imposante enceinte JBL, une playlist des succès de Barbara et se déshabilla en laissant couler un bain. La frustration retombait tout doucement. Cette fois, il n'y avait pas eu de dispute, on ne pouvait même pas parler de colère. De grands mots n'avaient pas été prononcés, ni de menaces proférées. Cette fois, surtout, les yeux de Léontine étaient restés secs. Il s'agissait sans doute de la dernière fois.

Un peu plus tard dans la soirée, les cheveux humides et rassemblés en natte sur l'épaule, elle se baladait encore en peignoir de bain tandis qu'elle tentait de hiérarchiser les divers événements d'une longue journée dont elle soupçonnait déjà qu'elle serait déterminante. Elle allait et venait dans l'appartement, légère et souple, comme une ballerine, lorsqu'elle fut surprise par l'appel de Gilles. Bien qu'il ne pût la voir, elle se sentait gênée de décrocher dans cette tenue.

« Bonsoir Léontine, c'est Gilles... Pardonnez-moi, il est tard. J'espère que je ne vous dérange pas, vous devez être occupée.

– Non, pas du tout, répondit-elle en nouant la ceinture de son peignoir d'une main ferme tandis que, de l'autre, elle en empoignait l'encolure. Je pensais justement à vous, enfin à votre situation... Comment allez-vous ?

– C'est difficile à dire... Pas très bien, je crois. Ma fille me manque et je perds patience.

– Je vous comprends, cette situation est pénible. Mais mon papier sortira dans quelques jours et il fera du bruit, c'est certain. Tenez bon... Avec la pression que nous mettrons sur le juge ainsi que sur les autorités locales, les lignes bougeront. On les fera reculer, vous verrez.

Au bout du fil, Gilles balbutiait. Il paraissait chercher ses mots ou se perdre dans ses idées. Après plusieurs hésitations qui sonnèrent comme des gémissements, il lança :

– Keller dit que vous êtes hégélienne.

– Pardon ?

– Je parle du juge Keller... Il pense que vous êtes une idéaliste, comme Hegel, et que c'est la raison de votre optimisme.

– Hum... Je ne sais pas. Éclairez-moi, je ne suis pas certaine de comprendre.

– Comment vous dire... En métaphysique, on oppose généralement l'esprit à la matière. Bon. Hegel, lui, il allait plus loin que ça : il considérait que c'était dans cette opposition que progressait l'humanité. Qu'elle formait ainsi des civilisations évoluées, des structures absolues, comme l'État-nation par exemple, ce genre de concept. Il croyait que l'histoire, en fin de compte, allait et se reproduisait comme ça indéfiniment, en progressant sous l'influence d'une sorte de Dieu platonicien et bienveillant... Je schématise un peu, hein, mais c'est aussi ce que vous pensez ?

– Vous me prenez de court... Eh bien, je pense qu'il existe un monde spirituel et un monde matériel, oui. Et que Dieu se manifeste dans cet antagonisme. Ça, j'en suis certaine... Je ne crois pas qu'il y ait une fin, au sens d'un événement définitif et indépassable. Si c'est ce que vous voulez me faire dire quand vous parlez de l'histoire qui se répète, en effet, je crois à un perpétuel recommencement, mais à chaque fois différent. Un perpétuel renouvellement, si vous préférez. En fait, dans mon idée, les civilisations ne meurent pas vraiment, elles s'effacent pour renaître sous une autre forme. C'est sûrement en cela que je suis plus optimiste que Régis Keller.

– Très bien, je comprends. Oui, c'est assez hégélien comme idée... Je peux vous poser une autre question, Léontine ?

– Oui, bien sûr.

– Excusez-moi, je file ma comparaison mais vous allez comprendre... Hegel imaginait qu'à partir d'un certain nombre, une quantité devenait une qualité. Et que c'est comme ça, par exemple, que naissaient les révolutions. Par la transformation du nombre en matière. Il prenait l'exemple de l'eau qui se transforme en vapeur à cent degrés. Selon lui, il existait pour toute chose un point de basculement à partir duquel une quantité provoquait un changement d'état. C'est à ce propos que je repensais à ce que vous m'aviez dit l'autre jour, vous savez, au sujet des deux France et du camp à choisir... Vous pensez vraiment qu'Hegel a raison ? Je veux dire, vous croyez que cette France parallèle dont vous me vantiez l'enracinement, ce ramassis de rebelles en tous genres que vous me citiez, va constituer un jour une force cohérente dans le pays ? Qu'elle peut se fédérer autour d'une vague idée commune et se soulever, au point de renverser la table ? Vous croyez vraiment à un truc pareil ?

– J'y crois, oui. Sinon, à quoi bon s'engager ? Et puis, regardez la révolution de 1789, ça ne ressemblait pas à grand-chose au départ... Vous savez, je suis profondément démocrate au sens où je considère que les peuples sont souverains, que ce sont eux qui portent au pouvoir les régimes qu'ils attendent, même les plus autoritaires, et qui renversent ces régimes dès lors qu'ils ne leur conviennent plus. La Vème république est dévoyée depuis plus de trente ans, depuis les traités de Maastricht et d'Amsterdam, pour simplifier. Et peut-être qu'elle a fait son temps... Attention, je ne dis pas que je souhaite sa chute mais je ne la redoute pas non plus. L'histoire de France est faite de rebondissements, c'est ce qui la rend passionnante. Moi je suis une patriote et je veux embrasser le passé et l'avenir de mon pays. C'est pourquoi je me réjouirais à l'idée de voir ce peuple reprendre en main sa destinée. »

Un ange passa, et même s'attarda un moment. Car, si Gilles demeurait perplexe sur le fond, il n'en était pas moins charmé par la forme, au point de perdre le fil de sa pensée. La jeune femme parlait avec sensualité, son enthousiasme et sa fraicheur tranchait avec la gravité de son propos. Sa voix était semblable à celle d'une animatrice de radio libre, le genre de celles à qui on se confie sans retenue, la nuit, quand personne n'écoute. Comme il peinait à poursuivre son raisonnement, et afin de solder une journée éprouvante, ce fut Léontine qui promit de reprendre cette discussion de vive voix. Dans quelques jours, autour d'un bon verre de Médoc. Elle avait déjà réservé les billets de train. Gilles sembla troublé. À son âge, il rougissait encore et détestait cette faiblesse qui le trahissait, même au téléphone. Au moment de raccrocher, il laissa échapper un « Je vous embrasse » qui lui parut excessif et le regretta aussitôt.

Dès le lendemain, Léontine devait annuler son déplacement à Bordeaux en raison de l'actualité politique. À la surprise du gouvernement, la suppression programmée de la Carte Nationale d'Identité au profit du « Passe Citoyen » ne se déroulait pas sans heurts. Ne mentionnant pas la nationalité du porteur, ni même son sexe, mais uniquement son statut judiciaire, règlementaire et vaccinal ainsi que son lieu de résidence tel que déclaré en préfecture, le nouveau sésame (disponible sous la forme d'une application mobile ou d'un simple QR*Code*) serait exigible partout. Il devait officiellement permettre de simplifier les démarches quotidiennes tout en combattant les discriminations de genre et en facilitant l'insertion professionnelle des migrants extra-européens. Malgré des sondages favorables et un relatif consensus au sein des principaux partis, certains syndicats avaient appelé à manifester contre un projet « antisocial » et « liberticide » qui visait à « prôner une mise en concurrence des prolétariats ». Des barrages routiers s'étaient organisés spontanément un peu partout dans le pays. Une grève surprise paralysait le trafic SNCF.

12

Tout avait commencé le mardi suivant par des messages agressifs recensés par les *community managers* sur les réseaux sociaux. Anne n'avait pas jugé opportun de s'en alarmer, préférant mépriser ces manifestations virtuelles qui, selon elle, ne figuraient en rien l'opinion des gens et encore moins celle des lecteurs. Dans son idée, cela pouvait représenter une forme de nuisance, certes, mais une nuisance passagère et superficielle, sans réelle conséquence sur la réputation de la maison. Mais le surlendemain, la situation avait empiré et c'était Sylviane, la responsable des relations avec les distributeurs et les diffuseurs, une trentenaire anodine au look de bibliothécaire dont il serait inutile de détailler l'allure tant elle laissait indifférent tous ceux qui la croisaient, qui avait déboulé dans le bureau de l'éditrice pour lui faire part de son inquiétude.

« Il faut faire quelque chose, Anne, et très vite. Les libraires sortent les Duvignac des rayonnages quand ils ne les renvoient pas directement au diffuseur. On en est à une cinquantaine de points de vente depuis le début de la semaine. Ça ressemble à une véritable fronde des indépendants et c'est en train de retomber sur l'image de la maison. Certains libraires en viennent à parler de boycott.

Ils disent aux commerciaux qu'on est un « éditeur raciste », tu te rends compte ?

– Je vois très bien, oui. Merci Sylviane... Je t'avoue que j'avais espéré qu'on nous oublie un peu mais les médias s'obstinent à tourner en boucle sur cette affaire. Le problème c'est que je connais bien Duvignac, si je le lâche, il est capable de se flinguer. Mais je vais trouver une solution, ne t'inquiète pas. On s'exprimera officiellement d'ici ce soir. »

En fin de journée, les éditions Blanchet-Dugain, par la voix de leur directrice éditoriale et seule descendante du fondateur de la prestigieuse maison, se déclaraient « abasourdies par les accusations de racisme portées à l'encontre de Gilles Duvignac, dont aucun des écrits ne laissait transparaître le moindre manquement aux valeurs humanistes et universalistes que nous défendons depuis près de soixante ans ». La fin du communiqué évoquait la mise en place d'un contrôle plus strict du « comportement public des autrices et auteurs » de la maison afin que celui-ci « ne puisse porter atteinte aux valeurs, à l'honneur et à la réputation des éditions Blanchet-Dugain. » Si les nouveaux actionnaires avaient insisté pour que le contrat de Gilles fut rompu *sine die*, Anne avait tout de même obtenu un délai de six mois durant lequel elle espérait ménager le romancier et lui dessiner une discrète porte de sortie. Elle avait tenté de l'appeler dans l'après-midi mais sans succès. Lorsqu'enfin elle réussit à le joindre au téléphone le lendemain matin, Gilles lui parut apathique, presque hébété. Il n'avait rien su de ce qui s'était dit sur les réseaux sociaux la veille et ne comprenait pas la raison de son coup de fil. Sans aborder la question des libraires frondeurs, elle l'informa du communiqué de presse qu'elle avait dû produire afin de clarifier la position de la maison vis-à-vis du comportement de ses auteurs, notamment en cas de soucis avec la justice ou de *bad buzz* dans les médias, ce genre de choses. Il approuva son initiative avant de s'excuser pour le tapage médiatique causé par l'article d'*Avenue Foch* dont le titre provocateur (« Un écrivain fâché tourné en papa facho ») et la virulence à l'égard des pouvoirs publics n'étaient pas passés inaperçus. Rongé par le chagrin, il ne put se retenir de s'épancher une nouvelle fois sur la douleur lancinante de se voir privé de sa fille. Elle lui renouvela son soutien indéfectible et il la remercia, puis il promit sur l'honneur de ne plus jamais la décevoir. Enfin, après dix minutes d'une conversation creuse et ordinaire, ils raccrochèrent. Sans avoir tout dit ni s'être vraiment écoutés.

Lorsqu'il évoquait avec Anne (ou qui que ce soit d'ailleurs) le traitement injuste que le juge des affaires familiales lui infligeait en le privant de voir sa fille tant qu'il refuserait de répondre à sa convocation, Gilles se gardait bien de préciser qu'il disposait tout de même d'un droit de visite. Ce détail n'avait pas d'importance, selon lui. S'il refusait d'exercer ce droit, c'est qu'il avait de bonnes raisons de le faire et ne souhaitait pas devoir s'en expliquer. Demander l'autorisation à Juliette de venir chez elle pour profiter de Chloé durant deux petites heures, un samedi après-midi, sous le regard condescendant de son ostéopathe dégarni, lui paraissait au-dessus de ses forces et, pour tout dire, quasiment inhumain. Il préférait encore souffrir le martyr que perdre sa dignité. Et puis, il comptait davantage sur la ruse. Ainsi, lorsque le manque se faisait insoutenable, il venait se poster discrètement devant l'école maternelle durant la pause déjeuner pour tenter d'apercevoir Chloé, même si celle-ci préférait souvent rester seule à lire ou dessiner, à l'intérieur de la salle de classe. Un jour, alors que les enfants traversaient la cour pour se rendre au réfectoire, il avait osé l'interpeller et la fillette était venue à sa rencontre. Même s'il n'avait pas réussi à lui parler, sa présence devant la grille ayant aussitôt provoqué l'intervention zélée d'un cerbère à cheveux bleus, les sourires complices qu'ils avaient échangés, même durant un bref instant, l'avaient apaisé.

Cette fois-ci, il était resté dans sa voiture, garée juste en face de la cour de récréation, de l'autre côté de la rue. De son poste d'observation, il pouvait apercevoir Chloé jouer à chat perché avec d'autres enfants et ça le rassurait un peu. Ces derniers temps, elle lui semblait triste et il craignait qu'elle ne s'isole. Régulièrement couvert de graffitis depuis la médiatisation de l'affaire Duvignac, le mur de l'école qui donnait sur le trottoir se faisait brosser et rincer à grandes eaux par les agents de la voirie de Bordeaux Métropole. De temps à autre, les types passaient devant la cour ou déplaçaient leur véhicule, ce qui bloquait la vue de Gilles et le faisait enrager. Il craignait que cette agitation inhabituelle et le bruit des nettoyeurs à haute-pression ne finissent par dissuader les enfants de jouer dehors et le privent de contempler sa fille. Du reste, si ça ne tenait qu'à lui, on n'effacerait pas ces affiches et ces tags insultants.

Personnellement, il se fichait bien de lire les saillies du collectif RosaParx33 raillant une « école de blanc pour les blanc », des « parants facho » et une « directrice complisse ». Ces messages imbéciles ne parvenaient à insulter que leurs auteurs et, dans une plus large mesure, la langue française et sa syntaxe. Il se perdait ainsi en persiflages muets et en colères contenues quand soudain on toqua au carreau. Gilles fit un bond sur son siège. L'un des employés municipaux, un grand Noir athlétique en tenue de travail fluorescente, s'appuyait contre la portière en lui faisait signe de baisser sa vitre.

« Bonjour m'sieur. C'est vous le papa de... la petite fille là-bas... Non ?

Le type désignait Chloé du doigt et son visage buriné n'indiquait rien de précis sur ses intentions.

– Euh... Oui, c'est moi. Pourquoi ?

– Je suis le papa de Souleymane... Vous savez ? Mon fils. Il y a toutes ces histoires à cause de lui. Je sais que vous avez des problèmes. Et je ne veux pas ça... Moi, je l'ai dit à la directrice. Mon fils, il va bien... Des fois, il fait des bêtises. Votre fille aussi, les autres aussi... Tous les enfants c'est pareil, non ? Cette histoire maintenant, c'est n'importe quoi... Mon fils, c'est vrai, peut-être il sentait mauvais. Il y a des fois, on peut pas se laver parce qu'il y a pas d'eau chez nous. J'ai dit au propriétaire, c'est pas possible ça : on peut pas laver les enfants, on porte les mêmes habits plusieurs jours...C'est pas possible ça.

– Monsieur, vous n'avez pas à vous justifier, l'interrompit Gilles. Ce n'est pas votre faute, ni celle de nos enfants d'ailleurs.

– Des gens sont venus me voir, ils m'ont dit d'aller à la police. Moi je veux pas, c'est les histoires des enfants... Des enfants qui jouent à l'école. On va pas voir la police pour ça, ils sont fous. C'est n'importe quoi, monsieur. N'importe quoi... »

Ses mains puissantes appuyées contre la portière de Gilles, l'homme secouait la tête de colère ou peut-être même de honte. Les mots lui manquaient mais il avait tout dit. Ils restèrent ainsi sans se regarder, embarrassés et interdits, durant de longues secondes, unis par la même incompréhension. Tandis que, depuis la cour, un groupe d'enfants leur jetaient des regards soupçonneux, ils se saluèrent d'une poignée de main sincère, presque fraternelle, avant de reprendre, contrits et penauds, le cours de leurs vies étrangères.

Cette fois, l'attaque avait eu lieu en plein jour, un mercredi après-midi. Vue de l'extérieur, l'école paraissait déserte mais Marie-Pierre y travaillait encore, elle était enfermée dans son bureau au moment des faits. La soudaineté et le vacarme des impacts l'avaient paralysée et elle avait aussitôt pensé à un acte terroriste. Ça n'avait duré qu'une poignée de secondes, en fin de compte, mais elles lui avaient paru durer une éternité. De nombreuses vitres avaient été cassées et un début d'incendie s'était déclaré dans le réfectoire. Après un rapide coup d'extincteur, elle n'avait retrouvé au sol que quelques cailloux et les tessons épars de deux ou trois bouteilles de bière. L'une d'entre elles, à en juger par les morceaux de verre noircis, avait certainement fait office de cocktail Molotov. Marie-Pierre avait été prise pour cible, cette fois elle en avait la certitude. Sa voiture, la seule garée devant l'école à ce moment-là, avait été couverte de graffitis insultants. Les responsables de la mairie, au téléphone, semblaient confus. On lui conseillait d'appeler la police, d'alerter les médias, au moins la rédaction de Sud-Ouest, mais Marie-Pierre ne souhaitait plus parler aux journalistes. La dernière fois déjà, elle leur avait fait un récit exact des événements, c'est-à-dire décevant de sobriété à leurs yeux, et ils n'en avaient jamais reproduit une ligne.

Elle n'irait pas non plus déposer plainte. Le souvenir de sa précédente visite au commissariat central, rue François de Sourdis, la désespérait encore. Alors qu'elle s'y rendait pour la troisième fois le même mois dans le but de signaler une nouvelle effraction et de multiples dégradations dans l'enceinte de l'école, elle avait dû subir les sarcasmes et la morgue des deux officiers présents ce matin-là. Jugé dérisoire, son cas n'intéressait personne. On voulait bien prendre sa plainte, si vraiment c'était nécessaire pour faire jouer les assurances, mais enfin elle devait comprendre que ce n'était qu'une perte de temps. La police ne traitait plus ce type d'incivilités depuis longtemps, elle aurait dû le savoir. Le plus jeune des officiers, un rouquin aux tempes rases et aux sourcils féminins qui devait tout juste sortir d'école, l'avait rattrapée au moment où elle s'apprêtait à quitter le commissariat afin de lui tendre un bout de papier sur lequel était noté un numéro de portable. Il s'agissait d'un certain Igor, ou Ivan peut-être, un Ukrainien dont le

« collectif » assurait déjà la sécurité de plusieurs écoles et collèges dans l'agglomération. Elle pouvait l'appeler en toute confiance, le type était sérieux et plutôt arrangeant sur les conditions de règlement. D'ordinaire les parents d'élèves se cotisaient mais il existait parfois des moyens d'obtenir de discrètes subventions auprès de la mairie. C'étaient généralement des écoles privées qui faisaient appel à ses services mais enfin, si elle souhaitait vraiment dormir tranquille, ça valait le coup d'essayer. En sortant, Marie-Pierre s'était sentie plus seule encore qu'après la dernière visite de l'inspectrice d'académie.

Les quatre pneus de la Micra avaient été crevés et elle ne se sentait pas la force d'appeler à l'aide. Elle souhaitait rester seule et rentrer chez elle. Faire le vide, en marchant. La foule sinuait, sombre et fluide, le long de la route. L'air de la ville avait une odeur âcre, comme un mélange de pluie, d'essence et de brûlé. Elle remonta lentement le pont de Pierre, un peu plus loin commençait la rumeur du quai Richelieu. Les voitures s'y entassaient les unes derrière les autres à perte de vue, des bus klaxonnaient. Sur le trottoir, les gens l'évitaient au dernier moment, certains la bousculaient parfois, mais pas franchement, pas comme d'habitude. On lui jetait le genre de regards qu'on croise dans le tramway aux mauvaises heures. Pour la première fois de sa vie, elle se sentait menacée. Enfin, elle ne savait pas ce qu'elle avait, c'était bizarre. Elle n'avait pas vraiment peur, on aurait plutôt dit qu'elle se sentait étrangère, indésirée. Le trajet jusqu'à l'appartement lui parut interminable.

En amour on n'a jamais qu'une seule chance. Ça dure le temps d'une valse. Un rythme léger et enivrant, la tête qui tourne. Des instants de grâce, avant de retourner s'asseoir... Ensuite, on reste là, à l'écart. Souvent un peu seul, même quand on ne l'est pas. On regarde les autres danser jusqu'à la fin du bal.

Ce court extrait du dernier roman de Gilles traduisait parfaitement l'idée qu'il se faisait des relations amoureuses. Quelque chose de précieux et de fugace entre un long moment d'ennui et l'attente de la fin. À cet égard, il ne nourrissait aucune amertume depuis le départ de Juliette ; ils avaient accompli ensemble un joli tour de piste et maintenant c'était fini, voilà tout. Bien sûr, il aurait préféré qu'elle reste, mais c'était comme ça. Elle était encore jeune et, contrairement à lui, désirait toujours séduire et ignorer la mort. C'était son chemin à elle et tout à fait son droit. Elle souhaitait encore une fois, au moins une dernière fois, qu'on l'invite à danser.

Cela étant dit, Gilles n'avait pas pour autant renoncé aux femmes, enfin pas définitivement, mais il manquait de courage. Ainsi lorsque Philippe lui avait présenté Clémence, une collègue de travail, à l'occasion d'un dîner manifestement organisé autour de cette rencontre, il n'avait pas cherché à lui plaire ou à se mettre en valeur. Elle était plutôt jolie pourtant, c'était son style de femme en tout cas. Mince, brune, un peu sèche. Elle s'occupait de la gestion de la paie dans le service de Philippe et conduisait une Audi. Ce devait être le genre de personne qui accorde de l'importance à l'ordre et à la propreté de son foyer. Et puis elle sentait bon, un parfum frais et naturel dont se dégageait une note de fleur d'oranger. En apparence tout au moins, elle « cochait toutes les cases », comme le lui avait promis Philippe. Ils avaient longuement discuté, et même plaisanté, ce soir-là, ils en étaient même venus à échanger leurs numéros de téléphone. Pourtant, passé la nouveauté de la rencontre, il avait hésité à la revoir. Il avait eu l'impression d'avoir tout dit de lui, que ce qui lui restait à dévoiler n'était rien d'autre que des banalités et les affres d'un quotidien maussade. Il n'avait pas particulièrement honte de sa vie sociale amoindrie mais il savait très bien comment elle était perçue. Il s'agissait de son choix et il n'entendait l'imposer à personne. De manière générale, Gilles n'éprouvait aucune gêne à ce qu'on le considérât le plus souvent comme un oisif ou un ermite. Il pensait comme Sartre que pour exister vraiment il fallait être de trop. Cette inutilité lui semblait nécessaire à toute démarche de compréhension du monde. Le prix de la lucidité, en quelque sorte. Enfin, c'était une chose difficile à expliquer lors d'un rendez-vous amoureux. Quand Clémence avait appelé le surlendemain, il n'avait pas répondu.

Alors que les Inuits, c'est bien connu, disposent d'une cinquantaine de termes pour désigner la neige, Gilles déplorait de n'avoir que ce vaste et pompeux mot d'amour pour désigner des passions totalement différentes et parfois même contraires. Les élans du cœur des jeunes gens, pensait-il, ne sont souvent que de l'attirance, mâtinée parfois d'une ambition commune, le tout emporté par un torrent d'hormones. À l'âge mûr, l'amour dans la vie de couple désigne au mieux une complicité tendre, une forme de compagnonnage, quand il ne s'agit pas, tout bonnement, de la force de l'habitude. Et puis il y a la parentalité, qui n'a rien à voir avec le reste. Aimer son enfant, ça consiste à s'oublier pour mieux se voir dans un autre. Il s'agit d'une expérience unique et hors de soi qui sera transformée en individu et donnée au monde, il n'y a rien de comparable, avait-il écrit. Gilles n'avait jamais su parler d'amour, ou pas comme on l'attendait. Il en avait beaucoup souffert. Et c'était peut-être cela, à y réfléchir, qui pouvait constituer le seul point commun de toutes les formes d'amour : une inéluctable souffrance.

Marie-Pierre, pour en revenir à elle, s'était fait de sa propre condition une idée qu'elle croyait exacte et qui l'était peut-être. Elle s'imaginait que son physique anodin la définissait ou tout au moins la prédisposait à un destin morne et quelconque. En cela, elle s'était habituée, dès le plus jeune âge, à ne rien attendre d'une rencontre. Elle n'était pourtant pas laide, et même jeune fille on la disait plutôt jolie avec sa longue crinière noire, ses yeux en amande et ses lèvres trop fines mais bien ourlées. Simplement, elle considérait qu'elle n'avait rien d'exceptionnel. De son point de vue, son étoile n'était ni bonne ni mauvaise, elle n'était pas. Et, de fait, elle ne paraissait jamais déçue ou nostalgique. La vie n'était, selon elle, qu'un enchaînement de péripéties plus ou moins heureuses qu'il convenait de dissocier. Ainsi donc, elle avait fait la connaissance d'Ychem, quinze ans plus tôt, alors qu'elle distribuait des tracts pour Greenpeace le long de la rue Sainte-Catherine. Ils étaient étudiants et leur relation avait débuté sans passion. Et puis Sofiane était né, Ychem était parti. Les événements s'étaient succédé sans qu'elle y vit de bénédictions, de drames ou quelque symbole que ce fut. Elle n'attendait rien de l'existence et elle était servie en retour, c'était comme ça et puis c'était tout. Désormais, la vie roulait à son rythme et l'enchaînement des jours n'y changeait rien. Le temps passait sans la voir. Et si le regard des autres ne se posait plus sur elle dans la rue, ou alors seulement lorsqu'un parent avait reconnu Madame la Directrice, il n'y avait pas lieu de s'en plaindre. Ces derniers mois, elle avait tout de même vu son visage changer dans le miroir, et elle sentait bien que son corps n'affichait plus la même tonicité. Un dimanche matin, en lavant la vaisselle du petit-déjeuner, elle avait été surprise par la forme de ses mains et les petites marques brunes qui commençaient à les recouvrir. Une impression étrange mais familière l'avait saisie. Puis elle avait souri en réalisant que ce n'était rien d'autre que les mains de sa mère qu'elle voyait s'agiter au bout de ses poignets.

13

L'insomnie, ça change un homme. Depuis qu'il ne dormait plus la nuit, Gilles avait le sentiment de mener une autre vie. L'agitation extérieure défilait devant lui, ahurissante et insensée, un peu comme un film en négatif monté à l'envers. Le monde n'était pas réel. Les songes se mêlaient aux souvenirs et les faits ne paraissaient pas avoir de substance. Il aurait très bien pu, en se levant le matin, se rendre dans la chambre de Chloé pour la prendre dans ses bras. Ça ne lui aurait pas paru moins vrai ou particulièrement absurde. À vrai dire, seul le miroir persistait à lui renvoyer chaque jour la même image, la même réalité, celle d'une lente décomposition. La tristesse et la solitude faisaient des ravages. Les rides de son visage crayeux n'affichaient plus la moindre expression tandis que ses joues, longues et creuses, peinaient à soutenir des cernes toujours plus lourds. La vie le fuyait. Pour autant, il conservait intacte la faculté de se regarder lui-même et il n'aimait pas le Gilles qu'il voyait. Ce n'était pas tellement son apparence physique qui le rebutait, mais il regrettait de se voir assis, inutile et passif, comme le passager d'un train qui ne conduisait nulle part. Toutefois les forces lui manquaient pour se lever, disons qu'il attendait qu'on arrive. Son projet de grève de la faim avait fait long feu : sans goût de vivre ni appétit, il ne mangeait déjà pas assez pour espérer se maintenir en bonne santé, alors quelle différence ? Son sort n'intéressait personne, de toute manière. L'article de Léontine ne lui avait apporté que des soucis et des menaces anonymes. D'ailleurs, comme les autres, elle ne donnait plus de nouvelles. La perspective d'un sauvetage providentiel s'amenuisait. Il était à bout de forces, à bout d'espoir surtout. Plus que jamais, loin de sa fille et de tous, il demeurait seul parmi ses livres.

Sans qu'il n'en ait rien su, son cas était pourtant devenu emblématique sur les réseaux sociaux. On l'y soutenait davantage qu'on le condamnait. Plusieurs groupes Facebook ainsi qu'une pétition en ligne s'étaient constitués pour obtenir que son droit de garde soit rétabli. Un youtubeur avait même lancé une cagnotte virtuelle, en sa faveur, dont le montant avoisinait désormais les cent mille euros en bitcoins. Quant à Léontine, sa discrétion n'avait rien d'un désaveu mais elle se trouvait déjà engagée sur d'autres fronts. De nouvelles émeutes se déclaraient chaque jour à Paris et elle mettait un point d'honneur à couvrir les événements depuis le terrain. Elle n'avait pas oublié Gilles mais elle vivait à un rythme différent du sien. Enfin, elle vivait.

Ce matin-là, Gilles n'avait pas davantage dormi que les nuits précédentes et l'annonce de la disparition de Chloé lui fit l'effet d'une nouvelle mort, plus profonde. C'était un peu comme s'il subissait une vision d'horreur au cœur même d'un cauchemar. Juliette au téléphone était saisie de spasmes et ses mots sortaient par à-coups. La police n'avait pas d'élément, Chloé avait disparu à l'entrée de l'école maternelle, quelques instants après que sa mère l'eut déposée devant le portail. C'était impensable mais personne n'avait rien vu. Le personnel de l'école plaidait le concours de circonstances plutôt que l'inattention coupable, il se disait convaincu d'avoir fait entrer la fillette dans la cour de récréation. Deux heures plus tard, Chloé demeurait introuvable et Gilles se trouvait logiquement suspecté. Du reste, les flics avaient débarqué chez lui au plus vite. Ils s'étaient alors retrouvés face à un zombie en sous-vêtements, hébété et blafard, incapable de tenir le moindre propos cohérent. Les pères kidnappeurs avaient une tout autre allure. À l'évidence, ce type-là ne pouvait représenter un danger que pour lui-même, et encore. Au moment de partir, ils promirent de le tenir informé des avancées de l'enquête et lui conseillèrent, presque affectueusement, de ne pas rester seul.

Depuis, Gilles se perdait en gestes désordonnés et inutiles, harcelant Juliette, ainsi que la directrice de l'école, de coups de fil angoissés. Roulée en boule sur le canapé du salon, Mirabelle l'observait, l'œil sévère et la queue battante, visiblement agacée par cette agitation inhabituelle. Déjà treize heures. Et si Chloé avait fugué ? Si elle s'était perdue puis avait finalement trouvé asile quelque part à l'heure du déjeuner ? Même si la police n'y pensait pas une seconde, cela n'avait rien d'inconcevable pour Gilles dont les facultés mentales se trouvaient amoindries par l'angoisse et le manque de sommeil. Le tempérament de Chloé s'avérait le plus souvent imprévisible et parfois même téméraire, pensa-t-il. Sans réfléchir plus loin, sans se questionner sur l'improbabilité pour une enfant de cinq ans de se diriger seule dans une ville comme Bordeaux, Gilles enfila quelques vêtements sales qui trainaient au sol dans sa chambre et sortit précipitamment. Il connaissait par cœur les endroits préférés de sa fille dans le quartier : la petite boulangerie qui sent le pain d'épice, le square aux fleurs sauvages, la petite maison de la mamie aux chats... Si elle s'était enfuie pour se réfugier quelque part, ce serait forcément dans ce coin-là. Gilles remonta la rue principale, d'un pas rapide mais incertain, avant de prendre une ruelle sur sa gauche. Il s'arrêtait régulièrement pour appeler sa fille comme on implore le ciel, les tripes nouées et le regard perdu. Les vélos tintaient, les passants passaient ; on le prenait pour un fou, c'est-à-dire pour rien. Le square était fermé pour dératisation, à la boulangerie on n'avait rien vu, et la vieille dame lui avait clairement indiqué « non » de la tête, tout en nourrissant sa meute. Renvoyé à sa détresse, le visage de Chloé devant lui comme une hallucination, Gilles reprit son errance chaotique dans le quartier des antiquaires. Un soleil incandescent troublait ses sens et le désorientait peu à peu. Il tournait en rond sans s'en apercevoir. Sa longue déambulation se poursuivait ainsi depuis près d'une heure lorsqu'il fut apostrophé par un automobiliste qui venait de s'arrêter à sa hauteur :

« Montez !

– Pardon ?

– Montez, je vous dis. N'ayez pas peur, je suis là pour vous aider, Monsieur Duvignac.

– Foutez-moi la paix ! Vous ne pouvez rien pour moi… Et d'ailleurs, comment connaissez-vous mon nom ?

– On en parlera dans la voiture, si vous voulez bien… Sachez simplement que je suis la seule personne qui puisse vous aider à retrouver votre fille. Maintenant, montez.

Sans réfléchir une seconde, Gilles obtempéra et prit place à l'avant de la Peugeot 3008 blanche, juste à côté du conducteur. C'était un type du genre ombrageux, à l'allure sportive et à la chevelure rare. Les traits de sa figure semblaient vouloir se cacher derrière une barbe épaisse et drue, comme taillée à la serpe.

– Où est Chloé ? Qu'est-ce que vous savez ? Et puis, qui êtes-vous d'abord ?

– Calmez-vous, Monsieur Duvignac, votre fille va bien. Elle est à l'abri. Nous avons un petit peu de route devant nous, je vais prendre le temps de tout vous expliquer.

– De m'expliquer quoi ? Qui êtes-vous bon sang ?

– Vous ne me connaissez pas et vous n'en avez pas besoin. Je fais partie d'un petit groupe de personnes qui défendent les intérêts des familles françaises. Notre mission…

– Hein ? Mais c'est quoi, votre mission ? Vous êtes des flics, c'est ça ? Des militaires ?

– Il y en a quelques-uns parmi nous mais ce n'est pas une règle. Ce que vous devez savoir c'est que…

– Où est ma fille ? Répondez-moi ! Qu'est-ce que vous lui avez fait ?

– Écoutez, cessez de m'interrompre ou je ne dis plus un mot jusqu'à notre arrivée !

Le gaillard avait tourné sa grosse tête rectangulaire vers Gilles pour la première fois. Son regard glaçant faisait plus peur encore que sa mâchoire qui se serrait.

– Bien… Je vous expliquais que nous étions un petit groupe de personnes, venues de tous les horizons et de toutes les classes sociales, qui défendions les droits de la famille. Nous sommes présents un peu partout en France et même dans quelques pays frontaliers… Si nous avons décidé de passer à l'action en nous préoccupant de vous et de votre fille, c'est que la situation nous paraissait particulièrement grave et que nous souhaitions vous aider à être rétabli dans vos droits de père.

– Mais je ne vous ai rien demandé, moi ! Et puis, qu'est-ce que ça veut dire « nous défendons les droits de la famille » ?

– Vous n'avez pas besoin d'en savoir davantage pour l'instant. Je vous dirai tout le moment venu…. Maintenant, donnez-moi votre portable. Je vous le rendrai tout à l'heure, ne vous inquiétez pas.

Dans un soupir, Gilles retira le téléphone de la poche arrière de son pantalon en velours élimé aux genoux et le posa devant lui, au-dessus du tableau de bord. Ce faisant, il fut saisi d'une violente douleur à l'abdomen, comme une sorte de crampe intestinale, mais en plus aiguë encore. Il grimaça en se tenant le ventre et retint son souffle un instant.

– Ça n'a pas l'air d'aller, vous voulez qu'on s'arrête ?

– Non, tout va bien… Amenez-moi auprès de ma fille, c'est tout ce que je vous demande. »

À ce moment, Gilles réalisa qu'il n'avait rien sur lui pour le soulager, pas de cachet de Spasfon ni même de paracétamol, et il le regretta. En cas de nouvelle crise, il n'aurait d'autre choix que de serrer les dents. Il repensa un bref instant à la dernière ordonnance du spécialiste pour une fibroscopie supplémentaire et des examens sanguins complets. Deux mois au moins qu'elle devait trainer quelque part sur le bureau, sous une pile de courriers officiels et d'injonctions du tribunal. C'était secondaire dans la situation présente, mais il conviendrait tout de même de s'en préoccuper. Un jour, plus tard, enfin on verrait ça après le retour de Chloé.

Le véhicule venait de quitter la rocade bordelaise pour rejoindre l'A62 en direction de Toulouse. Du coin de l'œil et sans insister, Gilles s'efforçait de détailler son chauffeur. Le bonhomme avait l'allure d'un militaire mais en moins martial, on aurait plutôt dit un gendarme ou un pompier peut-être. Il portait un pantalon kaki et sa veste était d'aussi bon goût que possible pour une veste Décathlon, c'est-à-dire sobre, presque noire. Il pouvait avoir trente-six ans, ou peut-être trente-huit. Pour le reste, aucun signe distinctif ne permettrait de l'identifier dans l'hypothèse où il aurait fallu porter plainte. Pas de tatouage, rien d'apparent en tout cas. L'habitacle de la Peugeot 3008 n'offrait aucun indice complémentaire : rangements vides, pas de terre sur les tapis, rien sur la banquette arrière. Et puis ça sentait le neuf à l'intérieur, au point que Gilles se mit rapidement en tête qu'il devait s'agir d'une voiture de location. Un détail éveillait toutefois sa curiosité : derrière le rétroviseur pendait un chapelet de perles brunes orné d'un petit crucifix en bois. Il semblait avoir été accroché là à la hâte et de manière approximative, certainement par le conducteur. Une sorte de porte bonheur, sans doute, censé les protéger durant le voyage.

« Vous êtes très croyant, non ? Le genre catholique intégriste, peut-être ?

– Pardon ?

– Je vous demande si vous êtes croyant. C'est par rapport au crucifix, là.

– Ça ne vous regarde pas.

– Décidément. Pas de nom, pas de religion, rien... Et vous me prenez mon téléphone en me demandant de vous faire confiance ? Écoutez, ça suffit maintenant ! Dites-moi qui vous êtes ou je saute en marche.

Le visage de Gilles s'était figé dans une grimace étrange, où ce qui devait être une détermination absolue prenait l'aspect inquiétant de la démence.

– Vous pouvez m'appeler Bison, c'est mon surnom dans le groupe.

– Formidable... Vous savez donc tout de moi, mais je n'ai même pas le droit de connaître votre vrai prénom. Eh bien, va pour Bison... En même temps, si vous m'aviez dit que c'était Brindille, j'aurais eu du mal à le croire. Sauf à considérer que les membres de votre groupe aient le sens de l'ironie, ce dont je doute.

– Vous seriez surpris du niveau d'érudition des membres de notre groupe. Beaucoup sont diplômés de l'enseignement supérieur. Nous comptons même dans nos rangs quelques docteurs... »

Saugnacq, Pissos, Trensacq. Les villages se succédaient et semblaient chaque fois plus minuscules et plus éloignés les uns des autres à mesure que la route s'enfonçait profondément dans la forêt landaise. Les mains posées sur les genoux, Gilles s'efforçait de ne rien laisser paraître de ses maux de ventre ou de son angoisse. Si Bison avait eu le projet de se débarrasser de lui, ce coin champêtre aurait pu représenter l'endroit idéal. L'espace d'une seconde, il imaginait son corps en partie dévoré par les sangliers, retrouvé des mois plus tard par un chasseur et son chien ou quelque promeneur égaré. Il n'osait penser à Chloé et au sort qui lui serait réservé. Puis il reprit soudainement ses esprits, comme on sort d'un tunnel. Ces raisonnements s'avéraient inutiles et tout à fait improductifs. Pour une fois, il n'avait d'autre choix que d'écouter son instinct.

Après plus d'une heure de route, ils s'arrêtèrent enfin au bout d'un étroit chemin de terre, aux abords d'un champ en friche sur lequel quatre baraquements sommaires et une flotte de véhicules hors d'âge semblaient former un tout. Le bâtiment principal, le seul à disposer d'un toit en tuiles et de larges ouvertures et qui devait constituer la demeure de Bison, se tenait à l'écart des trois autres, en lisière de forêt. Plus proche d'un refuge de chasseur que d'un ancien corps de ferme, sa structure semblait tout de même avoir résisté au temps. Un enchevêtrement de ronces et de matériaux de chantier masquaient une façade rustique, faite de pierres et de parpaings, mouchetée par la mousse et les aplats de mortier. Deux chiens sans race semblaient garder l'entrée de l'édifice tandis que diverses volailles s'agrégeaient en ordre dispersé dans un angle du terrain. Dans le coin opposé, une végétation rare et confuse donnait l'apparence d'un potager mal entretenu.

Le lieu n'inspirait guère l'hospitalité au point que Gilles hésita un instant quand Bison lui fit signe de descendre de voiture. Il changea aussitôt de visage lorsqu'il distingua nettement le rire de sa fille parmi des voix lointaines. Se tournant vers son ravisseur, il l'interrogea du regard. Bison lui sourit en retour :

« Oui, c'est bien Chloé. Elle doit être en train de jouer avec ma fille… Allez-y. »

Hurlant le prénom de son enfant, Gilles se précipita en direction des bâtiments préfabriqués d'où semblaient provenir les voix. Derrière l'un d'eux, il trouva une Chloé rayonnante en train de s'amuser avec une gamine aux pieds nus et aux épais cheveux bruns, sensiblement plus âgée qu'elle.

« Ça va, ma chérie ? Personne ne t'a fait de mal ?

– Oui Papa, ça va bien… Regarde, on joue aux quilles avec Jeanne ! C'est ma copine. »

Après une courte étreinte, la fillette, tout sourire, repartit en bondissant vers sa nouvelle amie qui l'exhortait à reprendre la partie. Gilles se trouva soudain désemparé face au visage de son enfant, illuminé d'une candeur qu'il ne lui connaissait plus. Quelques minutes plus tôt, il avait pourtant conçu un plan. Ce moment des retrouvailles, il l'avait anticipé. Il avait imaginé empoigner Chloé par le bras et s'enfuir en courant, à travers champs et forêts, jusqu'à trouver refuge quelque part. Par ailleurs, il s'était efforcé de garder en mémoire une multitude de détails sur leur ravisseur qui ne manqueraient pas d'étayer son dépôt de plainte à la gendarmerie. Désormais, la situation lui paraissait plus confuse et son plan d'évasion ne tenait plus debout. Disons que les rires de Chloé, si rares et précieux, méritaient au moins qu'il soit reconsidéré.

« Suivez-moi, je vais vous présenter ma femme. »

Presque naturellement et sans se poser de questions, Gilles marchait dans les pas de son hôte. À les regarder de près, rien ne permettait de penser que l'un détenait l'enfant de l'autre contre sa volonté. La peur du lendemain et le désenchantement leur donnaient un air de famille. Ils semblaient les rejets d'une même souche, celle dont on fait les marginaux.

14

En pénétrant dans la bâtisse, Gilles sentit un frisson lui parcourir l'échine. Au premier coup d'œil, il dénombra quatre pièces, basses de plafond et aux poutres noircies, entre lesquelles on avait supprimé les portes. Sur sa gauche, dans la pièce principale qui faisait office de salon, un immense crucifix en noyer surplombait un buffet rustique auquel un empilement d'effigies et de divers ex-votos donnait une allure de crédence. Il faisait sombre à cause des volets mi-clos mais on y voyait assez pour distinguer aux murs un portrait de Charles Maurras, un autre du Duc d'Orléans et quelques fanions à fleur de lys, disposés çà et là, ceux de la très catholique et royaliste Action Française. Sur une cantine militaire transformée en table basse, Gilles remarqua une douille d'obus qui tenait lieu de pied de lampe. Deux fusils de chasse trônaient fièrement au-dessus de la cheminée. C'était bien l'extrême droite, la vraie, le doute n'était plus possible. Gilles voyait le Diable de près, pour la première fois. Tétanisé par la peur, il demeurait figé dans l'étroit vestibule, laissant Bison déambuler à l'intérieur à la recherche de son épouse.

« Ah tu es là, Bérénice... Gilles Duvignac est dans l'entrée, tu viens le saluer ? Je voudrais qu'il voit à quel point nous avons l'air de dangereux fanatiques, ajouta-t-il dans un rictus satisfait. Gilles, je vous présente Bérénice, mon épouse... Bérénice, voilà le fameux Gilles Duvignac, le père de Chloé. »

Rayonnant de fierté, Bison tenait sa femme par le bras comme on brandit un trophée. De son côté, elle ne semblait pas gênée ou même surprise de recevoir quelqu'un qu'elle ne connaissait pas et dont la présence chez elle n'avait rien de consentie. Les présentations faites, Bison expliqua que c'était sa femme qui était venue chercher Chloé à l'école – il se garda bien d'utiliser le terme « kidnapper » – accompagnée de leur fille Jeanne. C'était cette dernière qui était venue parler à Chloé devant le portail, de sorte qu'au milieu d'un attroupement braillard de jeunes enfants et de mères de famille l'enlèvement était passé totalement inaperçu.

Gilles ne bronchait pas. Ne sachant quelle attitude adopter, il demeurait immobile et se murait dans le silence. Il n'arborait même pas ce demi-sourire de façade qu'il affichait communément dans les situations de conflit ou d'incompréhension. Son visage, comme le reste de son corps, s'efforçait de disparaître.

« Vous devez être affamés. On a déjà déjeuné avec les filles, mais asseyez-vous, je vais vous préparer quelque chose à manger... Vous aimez les champignons, Monsieur Duvignac ? Une omelette aux girolles, ça vous irait ?

Gilles parut surpris par la suavité de cette voix qui procurait à ce moment une touche de douceur maternelle aussi réconfortante qu'inattendue. Bérénice ressemblait aux auxiliaires de crèche qu'il avait côtoyées, il y a quelque temps, c'était avant que Chloé ne rentre à l'école. Une jeune femme aimable, comme on disait autrefois. Sa peau laiteuse et ses formes rebondies trahissaient une vie pastorale, faite de bonheurs simples. Tout dans son aspect évoquait la rondeur, le calme et la générosité.

– Oui, merci, ce sera parfait… Mais vous pouvez m'appeler Gilles, s'entendit-il répondre.

Le visage illuminé par un sourire approbateur, Bérénice retourna vers ses fourneaux tandis que les deux hommes s'assirent face à face à la grande table de bois massif, ni ciré ni verni, dont la rudesse donnait l'impression d'une table de boucher.

– Est-ce que vous allez enfin m'expliquer ce que Chloé et moi faisons ici ?

– Je vais tout vous expliquer mais vous devez me donner votre parole que, quelle que soit votre décision à l'issue de cet échange, vous n'irez pas à la police et ne tenterez aucune action judiciaire contre notre groupe.

– Vous n'êtes pas en situation d'exiger quoi que ce soit. Si vous nous laissez repartir sains et saufs, je ne sais pas… On verra, peut-être que je passerai l'éponge. Mais si vous avez fait quoi que ce soit à ma fille, je…

– Voyons Gilles, je crois vous avoir répété cent fois que votre fille n'a rien vécu de traumatisant et qu'elle s'est simplement fait une nouvelle copine en venant ici. Pensez-vous que nous serions là tous les deux à tenir cette conversation si ma femme et moi étions de dangereux pervers ou des voleurs d'enfants ?

– Je ne crois pas, enfin je n'en sais rien… Je suis un homme usé. Je crois que ça se voit sur ma tronche. Et si, comme vous le dites, vous avez suivi tout ce qui m'est arrivé, vous pouvez aisément comprendre pourquoi. Je marche seul dans le désert... D'accord, aujourd'hui vous me permettez de revoir ma fille mais je ne vais pas vous remercier pour autant. Parce que ce n'est qu'un simple mirage que vous m'offrez là... Ils ne vont plus vouloir me la rendre maintenant, c'est foutu.

– Ils ne comptaient pas vous la rendre, soyez-en certain... Et puis, vous vous trompez quand vous parlez de mirage. Ce que je vous propose, enfin ce que tout notre groupe et moi vous proposons, c'est une nouvelle vie.

Bison sortit d'une grande enveloppe un téléphone portable bas de gamme ainsi que deux passeports, un permis de conduire et d'autres documents qui paraissaient tous plus officiels les uns que les autres.

– Vous pourrez repartir tout à l'heure avec la même voiture que nous avons utilisée pour venir, elle est louée sous un faux nom. À la frontière suisse, vous l'abandonnerez. Les copains s'occuperont de tout, ils vous feront passer de l'autre côté et vous serez tranquilles. Là-bas, vous occuperez un chalet confortable, avec deux chambres, où vous pourrez rester tout le temps qu'il faudra.

En entendant ces mots, Gilles crut revenir quelques années en arrière, au temps de la pandémie. À cette époque, il avait été tenté de verser dans la clandestinité lorsque, rongé par le doute, il avait envisagé de recourir à un faux certificat de vaccination. On lui avait conseillé des médecins complaisants. Il avait alors découvert un pan de cette France invisible, cachée sous les radars. Une France désenchantée, rebelle et persévérante. Une France enfouie, irrationnelle et incohérente. Il y avait entrevu la fin du commun et l'avènement du chaos. Une forme de barbarie qui l'avait effrayé. La vie parfois ressert les mêmes plats et Gilles se trouvait à nouveau face à un choix qu'il n'avait jamais envisagé devoir faire. Un choix fondamental dont il avait le sentiment, cette fois encore, qu'il l'entrainerait vers des renoncements importants et douloureux.

– Ce n'est pas possible, je... Je ne peux tout de même pas priver ma fille de sa mère.

– Ils l'ont bien privée de leur père, et sans aucune raison. Par simple idéologie... Alors que vous ne souhaitiez même pas divorcer, de surcroît.

– Mais enfin merde, c'est moi que ça regarde ! Et puis qu'est-ce que vous en savez, d'abord ? Qu'est-ce qui vous dit que je ne souhaitais pas divorcer, hein ? D'où tenez-vous toutes ces informations ?

– Je n'en sais rien, je l'ai deviné... Écoutez Gilles, c'est simple : soit vous les laissez gagner une fois de plus, soit, comme nous, vous dites stop ! Vous savez, nous sommes nombreux. On est partout et même très haut. Dans quelques mois, deux ans tout au plus, on aura renversé la table et conquis le pouvoir. Vous n'aurez plus à vous cacher, vous serez rétabli dans vos droits de père de famille. Mais le plus important, pour l'instant, c'est de leur résister. En leur tenant tête, vous créerez un précédent et vous deviendrez un exemple. Votre courage et votre détermination les feront reculer et vous empêcherez d'autres pères comme vous d'être privés de leur enfant.

– Vous êtes dingues…

– Non, ce sont eux les fous. Ce sont eux qui veulent rééduquer votre fille pour qu'elle ait honte d'elle-même et de ses origines. Eux encore qui veulent aujourd'hui vous séparer d'elle. Votre petite fille a tout juste cinq ans, elle n'a rien fait pour mériter cela, et vous non plus d'ailleurs. Réfléchissez bien, Gilles. C'est maintenant que vous devez choisir votre camp.

– Vous pouvez me répéter cent fois votre discours de facho, vous n'arriverez pas à me convaincre.

– Pourtant, vous êtes un facho vous aussi. En tout cas, ils vous considèrent comme tel.

– Qui ça, *ils* ? Qu'est-ce que vous me racontez encore ?

– Je parle de vos parents, de vos amis. De vos anciens collègues, du petit monde de l'édition, des journalistes… Vous êtes poursuivis par la justice pour avoir inculqué à votre fille des « idées racistes » et vous êtes défendu par une journaliste d'*Avenue Foch*. Ça suffit à faire de vous un facho de premier ordre, croyez-moi. Si vous en doutez, tapez votre nom sur Twitter et regardez ce qui se dit.

Gilles insistait, détachant les syllabes, surveillant l'intonation :

– Je me fous de votre avis, comme de celui des réseaux sociaux. Tout le monde autour de moi connait mon parcours et mon engagement. J'ai toujours défendu une république laïque, humaniste et sociale.

– Oui, tout comme Onfray, Valls ou Montebourg. Un facho, je vous dis… Ils ne comptent pas vous rendre votre fille, qu'est-ce que vous croyez ? Vous avez refusé de vous soumettre et vous êtes allé chercher du soutien dans les médias alternatifs. Vous avez aggravé votre cas. C'est foutu maintenant, ils veulent votre mort sociale.

En lui offrant un profil renfrogné et distant, Gilles entendait se retirer d'une conversation qui le mettait mal à l'aise. Son regard portait au loin à travers l'étroite fenêtre de la cuisine. Des silhouettes s'y animaient sous un soleil généreux. Jeanne courrait après un chien et Chloé courrait derrière Jeanne. Devant elles, quelques poules s'enfuyaient en voletant.

– Écoutez Gilles, je ne vous force pas la main, reprit Bison, visiblement soucieux de ne pas heurter son hôte. Mon seul but c'est de vous aider, vous faire comprendre qu'il existe une autre porte de sortie que la soumission à ces injonctions totalitaires et imbéciles. Et puis, vous n'avez pas à vous décider tout de suite. Si, à la fin de ce repas, vous me dites que vous souhaitez rentrer à Bordeaux et ramener Chloé à sa mère, je vous laisserai tranquille. Vous n'entendrez plus jamais parler de moi. Je vous demanderai simplement d'abandonner la voiture dans un lieu public et de détruire le contenu de l'enveloppe. C'est tout. Mais si, en revanche, vous souhaitez reprendre votre vie en main...

– Qu'est-ce que ça peut vous faire que je reprenne ma vie en main ? Pourquoi moi, pourquoi nous ? Et ne me dîtes pas que c'est par pure charité chrétienne, hein...

– On pense que vous êtes un symbole. Que si on frappe fort sur ce premier cas de rééducation forcée, les gens vont se réveiller et le gouvernement devra reculer... Écoutez, depuis des années il a fallu apprendre à vivre avec les masques et tous ces protocoles hygiénistes comme quelques temps plus tôt on nous avait dit d'apprendre à vivre avec les attaques terroristes. Quatre-vingts ans auparavant, vous ne pensez pas que les mêmes nous auraient dit d'apprendre à vivre avec l'envahisseur allemand ? Hein ? Croyez-moi Gilles, la lâcheté c'est la seule boussole de nos élites. Ceux qui refusent leur fatalisme, qui tentent de combattre avec les moyens disponibles pour préserver de Français ce qui peut encore l'être, c'est ceux-là qui sont traités d'extrémistes et de complotistes. Vous trouvez ça normal, vous ?

– Je ne sais pas... Avouez que vous y mettez un peu du vôtre aussi. Vous vivez cachés, sous une fausse identité, vos enfants sont déscolarisés, j'imagine que vous ne payez pas d'impôts... Ce n'est pas le comportement de citoyens exemplaires, admettez-le. Et puis, vous parlez de la France comme d'un monument en péril, mais elle a vécu bien pire que ça, la France, par le passé. Cent fois elle a failli disparaître. Si les Français s'étaient comportés comme vous à chaque période de crise, c'est-à-dire comme des lâches, en se cachant dans les bois pour sauver leurs fesses et fuir leur responsabilité collective, c'est certain que ce pays ne serait plus là aujourd'hui et que vous n'auriez plus rien à défendre.

Bison se pinça la base du nez tout en plissant les paupières. Un silence fragile s'instaura tacitement comme un cessez-le-feu. Passée la crispation de Gilles, le dialogue se rétablit peu à peu et bientôt la conversation roula sur la situation du pays et les malheurs de l'époque, même si une certaine tension demeurait tout de même palpable. Au fil du repas, le vin aidant, certains sujets de discussion, plus futiles, contribuèrent doucement à alléger l'atmosphère. Bison parlait avec passion de races à viande, de cépages anciens ou du spectacle de la nature au changement de saison. De temps à autre, il éclatait d'un rire sonore et naïf à la fois. Gilles souriait timidement en retour, œuvrant, dans la mesure de ses moyens, à l'instauration d'un climat cordial. Toutefois, ses fréquents coups d'œil en direction de l'autel et de l'imposant crucifix qui le surplombait n'échappèrent pas à son hôte qui s'avisa de devancer ses interrogations.

– Oui, c'est vrai que j'ai l'air d'un dévot comme ça, ou même d'une grenouille de bénitier, mais je ne suis pas pratiquant depuis très longtemps, vous savez. Bien sûr, j'ai toujours cru en Lui, depuis que je suis né. J'ai fait mon catéchisme et ma communion, mais je priais très peu et je n'allais pas souvent à l'église. En fait, je n'ai vraiment rencontré Dieu qu'à l'âge de vingt-quatre ans, je venais de m'engager dans l'armée. Un soir, alors que j'étais de semaine à la garnison, Il a manifesté sa présence très concrètement. Il faisait nuit, j'étais à moitié endormi et Il m'a parlé. Il me dictait des pensées plus exactement. Il me disait de m'occuper de ma mère, qu'elle était très malade mais qu'elle n'osait se confier à personne. Au début, j'ai cru à une hallucination... Et puis ma mère est morte trois mois plus tard, emportée par un cancer qui la rongeait depuis plus de deux ans. Elle avait gardé le secret et ne souhaitait aucun traitement. Depuis, je sais qu'Il veille sur moi et je prête davantage attention aux signaux qu'Il m'envoie. D'ailleurs, c'est Lui qui m'a convaincu de vous venir en aide. »

Gilles faillit lui répondre qu'il aurait dû demander au bon Dieu de répéter, qu'il avait du mal comprendre, mais il se ravisa. Il n'avait aucune envie de verser dans un cynisme facile et injustifié. Bison parlait avec son cœur. Loin de toute considération liturgique, il témoignait d'une foi instinctive et pure dont la source semblait enracinée, presque tellurique. Il croyait en Dieu comme au cycle du jour et de la nuit, comme à une simple évidence. Il croyait en Dieu comme croient les enfants. Touché par la sincérité de cet homme, Gilles tentait de s'extraire de toute émotion, de considérer la situation froidement, avec réserve et détachement. Ainsi, il espérait lutter contre la survenance d'un sentiment confus, entre l'empathie et la commisération, qu'il sentait affleurer et qu'il attribua aussitôt au vin rouge et à ce qui pouvait ressembler à une expression bénigne du syndrome de Stockholm.

Emporté par son enthousiasme, et le fond d'un verre de Bas-Armagnac, Bison poursuivait son discours, il avait envie de parler. À l'évidence, il se réjouissait d'accueillir chez lui un visage extérieur, quelqu'un de neuf à qui se confier :

« Vous savez, ça ne fait pas longtemps que j'ai rejoint le groupe. Cinq ou six ans, tout au plus. En fait, j'ai commencé à m'intéresser à la politique au moment des Gilets jaunes. Deux ans après, pendant la première grippe chinoise, j'ai décidé de lâcher mon boulot pour acheter un bout de terrain dans la forêt. Bérénice a continué de bosser, au début, parce qu'on n'était pas encore auto-suffisants. Aujourd'hui, avec les panneaux solaires et l'éolienne, on est pas mal. Je vous montrerai tout à l'heure, si ça vous intéresse… Où j'en étais ? Ah oui, donc j'ai rencontré beaucoup de gens grâce à ce projet, et pas que des survivalistes. Des paysans, des retraités, des intellectuels. C'est comme ça que j'ai rejoint le groupe, grâce à deux potes qui m'ont fait lire des trucs puissants…

– Quand vous dites « le groupe », vous voulez parler de l'Action Française, c'est ça ? l'interrompit Gilles en pointant du menton les fanions disposés derrière lui.

– Ah ça ? Non, je les ai mis là parce que je les trouvais *stylés*. Les portraits aussi. Non, dans le groupe, il y a un peu de tout. J'ai un pote, un anarchiste, qui cite sans arrêt Proudhon et Kropotkine. Il est marrant. On a quelques animalistes aussi… Non, la fleur de lys, c'est beau et ça rappelle notre passé glorieux. Et puis franchement, le royalisme, ce serait pas le pire des régimes, il me semble… Ça vaudrait toujours mieux que notre *davocratie* corrompue.

– Notre quoi ?

– La *davocratie*, vous ne connaissez pas le concept ? Bah, disons que c'est la démocratie selon le forum mondial de Davos, à savoir le contraire de la démocratie. L'univers dans lequel vous évoluez au quotidien. L'empire que nous combattons… Je vois. En fait votre problème, Gilles, c'est que vous avez trop lu Camus, Malraux et Sartre. Votre référentiel est coincé au vingtième siècle. Pardon, ce n'est pas contre vous, et puis vous n'êtes pas le seul… Mais voilà, c'est fini tout ça. Aujourd'hui on a changé d'époque, on est revenu au Moyen-Âge, c'est un régime féodal. Les États-nations n'existent plus qu'en apparence, en trompe l'œil. Il n'y a même pas deux blocs politiques qui s'affrontent, comme vous le pensez, car ce serait encore un vestige démocratique. Aujourd'hui notre pays est administré de l'extérieur par une puissance étrangère et nous, nous organisons la résistance avant d'entamer la reconquête. C'est simple… D'ailleurs, nous reprenons chaque jour des territoires de plus en plus importants. Tenez, la semaine dernière avec le groupe, on a pu acheter un terrain de deux cents hectares près de Mirande, dans le Gers. On doit se montrer discrets et avancer masqués, sinon les municipalités nous bloquent les permis de construire, mais on y arrive. Petit à petit, ça avance, on va recréer un nouveau royaume de France, vous verrez. »

Le visage de Bison s'était éclairé et sa voix parut soudain plus assurée, plus douce aussi. Il semblait décidé à convaincre son invité de la pertinence de son projet de phalanstère. Gilles l'écouta encore un long moment en hochant la tête, approuvant régulièrement par des monosyllabes. Lorsque le silence se fit, Bison parut déçu et même un peu gêné. Ni la description par le menu de son projet de minicentrale électrique autonome, combinant éoliennes et panneaux solaires, ni son concept de circuit hydraulique fermé n'avait su capter l'attention de son interlocuteur. Gilles demeurait impassible, le regard absent. À la différence de son hôte, il menait une existence citadine et exclusivement intellectuelle. Il ignorait l'essentiel des principes élémentaires de survie. En tout état de cause, il imaginait que, dans l'hypothèse d'un grand effondrement, il ferait partie des premières victimes. Il ne doutait pas qu'il succomberait à coup sûr dès les premières minutes, tétanisé par la peur. Pour autant, et même s'il ne se sentait rien de commun avec un authentique légitimiste et un fervent catholique comme Bison, Gilles se retrouvait de fait dans le camp de cet homme. Dans le camp des séditieux et des laissés pour compte. C'était cette pensée qui l'obsédait à ce moment précis.

Le jour baissait lentement et aucune décision n'était prise. De sorte que ce fut le retour tonitruant des filles, à l'heure du goûter, qui mit un terme à la discussion entre les deux hommes sans qu'on puisse clairement en distinguer l'issue. Afin de faire de la place sur la grande table pour la collation des enfants, Bison avait poussé vers Gilles l'enveloppe contenant les faux documents et le téléphone portable, ainsi que les clefs de la 3008. On rangeait la vaisselle, les verres tintaient. Bérénice proposait des rafraichissements, tandis que Chloé et Jeanne, hilares, s'asseyaient face à face, à côté de leurs pères. On s'apprêtait à se quitter comme après un repas de famille. En constatant que Gilles, le coude posé sur l'enveloppe, serrait dans son poing les clefs de la voiture, Bison ne put retenir un sourire satisfait.

Même si cette journée avait bien vécu, Gilles n'était pas certain d'être encore éveillé. Il caressait la joue de Chloé pour s'en persuader mais l'infinie douceur de sa peau d'enfant le maintenait dans son rêve. Tout lui paraissait flou, extérieur à lui-même, de sorte qu'au moment de partir, il se sentit pris d'un étrange vertige. Une extrême tension névralgique le submergeait, paralysant toute réflexion. Il se sentait un homme indifférent, indistinct et vierge. Un fétu de paille emporté par le vent. Ses crampes abdominales avaient cessé ou plutôt il ne ressentait plus rien, ni douleur ni bien-être, comme si son corps s'était détaché de lui. Un peu groggy, il ne résista pas à l'accolade de Bison. Puis, presque machinalement, il remercia Bérénice pour son accueil, en l'embrassant sur les deux joues. Que se passait-il exactement ? Difficile à dire, c'était comme un enivrement plus qu'une hallucination. La nature empestait et les oiseaux hurlaient. Devant l'appel du monde sensible, il avait envie de pleurer. En accompagnant Chloé jusqu'à la voiture, il se retourna plusieurs fois pour fixer cet endroit dans sa mémoire et saluer ces gens qu'il ne reverrait plus.

Le ciel s'était couvert brusquement, distillant une pluie fine à l'odeur de rosée. Gilles sentait les gouttes glisser sur son visage comme une caresse du bout des ongles. La vérité n'existait plus, seuls subsistaient des lambeaux de réalité que chacun pouvait nouer librement entre eux selon ses croyances. Serrant la main de sa fille, il s'efforçait vainement de se raccrocher au tangible. Le réel avait disparu, ou tout au moins avait-il cessé de s'imposer comme l'unique communauté des vivants. Il ne constituait désormais qu'un point de vue parmi d'autres. Sa contingence, dès lors, n'était plus discutable.

15

Tandis que la départementale s'obstinait à sinuer perpétuellement parmi les pinèdes et les champs de tournesol, Gilles oubliait la route. Son esprit flottait dans des limbes incertains et obscurs où n'existait plus aucun repère, géographique ou temporel. À l'arrière, Chloé s'était endormie, serrant contre elle la poupée de chiffon que Jeanne lui avait confiée au moment de partir. Au fil du chemin, il apparaissait à Gilles, avec une évidence croissante, que l'habitacle de la Peugeot 3008 de location symbolisait à présent le point central de l'Univers ; ou plus exactement que ce minuscule espace, de deux mètres cube environ, devait désormais être considéré comme contenant, à lui seul, tout l'Univers. Enfin, il peinait à le concevoir clairement mais la réflexion était de cet ordre. Autour du véhicule, plus rien ne pouvait entrer en équation, rien de concret, rien qui n'ait la moindre existence. Ils étaient réunis et c'était tout ce qui comptait. Les contingences de temps et d'espace glissaient sur eux comme la pluie sur le pare-brise. Il viendrait pourtant un moment où on allait devoir s'arrêter. Ouvrir la portière et sortir, affronter les éléments extérieurs. Alors on serait aussitôt questionné, attaqué, poursuivi peut-être, et il faudrait se défendre, ou plutôt la défendre. Car à quoi bon leur expliquer que

Chloé n'a rien de commun avec eux, qu'elle n'a pas à obéir à leurs règles. Qu'elle habite une autre planète, qu'ils sont indignes de l'approcher. À quoi bon descendre ? À quoi bon y retourner ?

Lorsque son portable se mit à sonner, Gilles ressentit le gazouillis de la sonnerie comme une tentative brutale d'effraction. À cet instant, il aurait souhaité que cette bulle, au sein de laquelle Chloé et lui se trouvaient de nouveau réunis, s'avérât totalement étanche. Mais à l'évidence le monde extérieur pouvait encore les atteindre, usant des ondes hertziennes pour percer cette carapace de tôle et de plastique thermoformé. C'était Juliette au bout du fil. D'une voix brisée par l'inquiétude, elle suppliait Gilles de lui répondre et de la rassurer. Après une courte hésitation, il bascula la conversation sur haut-parleur et posa le téléphone à côté de lui. Manifestement, Juliette avait encore sa place dans la bulle. Elle devait se situer quelque part dans l'Univers.

« Oui, Juliette... Chloé est avec moi dans la voiture, tout va bien.

– Chloé, ma chérie ! Tu m'entends ? C'est Maman, ma puce ! Tu m'entends ?

– Elle dort à l'arrière, et j'ai baissé le son. Je ne pense pas qu'elle t'entende. Mais rassure-toi, tout va bien. Elle n'est pas choquée, personne ne l'a touchée ou maltraitée... Tout va bien, fais-moi confiance.

Juliette sanglotait, de peur et de soulagement, elle peinait à faire des phrases.

– Où es-tu Gilles ? Qu'est-ce qui s'est passé ?

– Ce serait trop long de tout expliquer. Disons qu'un groupe de personnes a cru bien faire en prenant Chloé devant l'école maternelle pour me la remettre. Je ne connaissais pas ces gens. Ils voulaient m'aider, je crois... Enfin bref, je suis parti. On est tous les deux maintenant. Chloé et moi... D'ailleurs, il ne pleut plus. Voilà. Je viens de rejoindre l'autoroute, je rentre à Bordeaux.

– Mon Dieu, mon Dieu...J'ai eu si peur, tu sais. Tu me la ramènes ce soir ? J'ai besoin de la voir, elle me manque tellement.

– Euh, oui... Oui, bien sûr... Je te l'amène ce soir.

– Merci, Gilles... Tu sais, je ne t'en veux pas, je comprends ta situation. Il faut juste que tu fasses comme le juge demande... Tout rentrera dans l'ordre bientôt, tu verras. Je sais que je me répète mais tu peux venir la voir à la maison quand tu le souhaites. Vraiment, je suis sincère. Et Laurent pense comme moi, nous sommes une grande famille maintenant. »

À ces mots, il raccrocha et passa le portable en mode avion. Un peu plus loin, un panneau indiquait la sortie 23, en direction de Lacanau. Ce fut à ce moment qu'il bifurqua.

En raison de l'heure d'été, il faisait encore jour lorsque Gilles arriva chez le juge Keller. Le ciel s'était découvert et se parait d'un bleu uniforme et profond, à peine teinté de reflets orange par le soleil couchant. Le portail électrique de la villa avait été ouvert en grand, au point que Gilles fut saisi d'un sentiment désagréable. Comme l'impression étrange qu'il était attendu. Il avança au ralenti jusqu'au bout de l'allée puis descendit du véhicule pour prendre sa fille dans les bras. Aucun autre bruit que le bruissement de ses pas sur les gravillons, pas le moindre indice de la présence des chiens. En sonnant à la porte, il s'étonna qu'on lui ouvrît, et davantage encore de voir le magistrat lui-même, en bermudas et chemise en lin, venir à sa rencontre. Gilles n'avait pensé à rien de précis en décidant, d'un coup de volant, de se rendre chez le juge, tout au plus s'était-il imaginé trouver porte close ou bien se faire éconduire par le jeune surfeur au motif qu'il ne s'était pas annoncé. Pris de court, il bredouilla :

« Bonsoir Monsieur Keller... Régis. Je suis désolé de vous déranger, il est tard. Mais voilà, je ne savais pas où aller... Je crois que j'ai besoin de votre aide.

Gilles s'interrompit. Derrière de fines lunettes en équilibre sur le bout de son nez, le magistrat dévisageait Chloé à demi éveillée dans les bras de son père. Il avait un regard fixe, comme figé de stupeur. On aurait dit que le vieil homme voyait un enfant pour la première fois.

– Ma fille va très bien, elle s'est endormie dans la voiture... Sa mère m'a appelé et elle attend que je la lui rende. J'imagine que les flics sont au courant et qu'ils planquent devant chez moi en ce moment. Maintenant, je ne sais plus trop quoi faire... Alors, j'ai pensé à vous. J'imaginais, je ne sais pas, que vous auriez peut-être une idée. »

Le magistrat hésita un instant, il paraissait embarrassé à la manière d'un livreur qui se demande où poser un colis encombrant. Après un regard au loin et quelques secondes de réflexion, il l'invita à entrer.

Une lumière rousse réchauffait les murs impersonnels de la maison d'architecte et Gilles s'y sentit plus à l'aise qu'à sa première visite. Le juge l'invita à installer Chloé sur le large divan de l'entrée et revint du salon avec un plaid en velours qu'il disposa sur la fillette.

« Donc, si je comprends bien, vous êtes venu me voir parce que vous avez enlevé votre fille à sa mère et que vous avez peur de vous rendre à la police. C'est bien ça ?

Keller chuchotait afin de ne pas déranger le sommeil de la petite. Traînant Gilles par le bras, il l'emmenait vers le salon afin de converser plus librement.

– Non, pas vraiment, enfin c'est plus compliqué que ça. Ce matin, ma fille a été enlevée devant l'école par un type et sa famille, poursuivit Gilles à voix basse tout en scrutant Chloé du regard pour vérifier qu'elle n'écoutait pas la conversation. Ils sont venus me chercher ensuite, ils souhaitaient nous aider à fuir à l'étranger tous les deux. Ils m'ont même donné de faux papiers… Des gens bizarres. Des complotistes, un peu fachos, un peu survivalistes. Mais plutôt gentils, enfin si on peut dire ça. Ils avaient une fille à peine plus âgée que la mienne. Des gens que je ne connaissais pas, et à qui je n'avais rien demandé… Ils s'étaient certainement renseignés sur moi, enfin je ne sais pas, j'imagine. Aujourd'hui on trouve toutes sortes de choses sur Internet.

– Bon, le point positif dans cette histoire c'est que vous avez retrouvé votre fille. Vous voilà enfin réunis, c'était ce que vous souhaitiez par-dessus tout, n'est-ce pas ?

– Oui, bien sûr. Enfin, pas comme ça… Pas de cette manière. Les flics étaient déjà chez moi ce matin, ils ne vont pas me lâcher. Maintenant, ils vont chercher à me coller l'enlèvement sur le dos, c'est certain.

– Oubliez la police et regardez les choses positivement. Désormais, c'est vous qui avez les cartes en main. Certes, vous vous trouvez dans une situation que vous n'aviez pas anticipée et je comprends votre perplexité. Maintenant, réfléchissez... Revenons plusieurs mois en arrière, avant que toute cette histoire ne vous tombe dessus. À l'époque, comment voyiez-vous l'avenir avec votre fille, quels étaient vos projets avec elle ?

– Je n'en sais rien... Je ne sais plus.

Le regard de Gilles peinait à se fixer sur un support quelconque. Dans ses yeux gonflés il y avait comme de la peur et un lointain chagrin. Voudrait-il en dire davantage au juge sur ses envies ou sur ses intentions qu'il en serait incapable. Un silence duveteux les enveloppait, à peine décoré du bruit des vagues et des mouvements ensommeillés de Chloé. Soucieux de se mettre à l'aise, Keller prit place sur l'un des six fauteuils du salon et, d'un geste de la main, invita son hôte à l'imiter. Gilles, planté au milieu de la pièce, demeurait stoïque.

– Je vais vous dire une chose, Gilles... De la mort, ou de la peur de mourir plus exactement, dépend notre rapport aux autres. C'est pour cette raison que je suis devenu de moins en moins sociable en vieillissant. Avant, j'imaginais que je trouvais les êtres nocifs parce qu'ils étaient différents de moi, parce qu'ils étaient autres. Mais les gens sont nocifs uniquement parce qu'ils sont là... C'est leur simple présence qui se révèle insoutenable, pas leur altérité. Tenez, un individu qui s'oppose à moi, en tous points, me paraitra infiniment plus aimable dès lors qu'il vit loin. À l'inverse, la compagnie permanente de mon semblable me le rendra rapidement insupportable. C'est comme ça que je ressens les choses aujourd'hui : à partir d'un certain point, le lien social ne peut perdurer que s'il est distendu. Ce que je veux dire, c'est que vous n'avez pas à céder aux injonctions du monde civilisé et du contrat social. Vous n'avez pas besoin d'affronter votre ex-épouse, votre éditrice ou vos amis, il vous suffit de vous éloigner d'eux. Et de penser uniquement pour vous-même, et par vous-même. Faites-vous un peu confiance, Gilles.

Tandis qu'il s'enfonçait davantage dans son fauteuil, le juge parut ragaillardi par une assurance nouvelle que lui conférait peut-être le déroulement des événements.

– Les gens m'ennuient, c'est vrai, mais je ne peux pas non plus vivre en ermite, en dehors du monde. Si j'écoute mon ex-femme ou mon éditrice, je suis déjà un ours solitaire… ou plutôt une sorte de momie coupée de la vie et de son temps. Moi je m'en fous, mais Chloé ne mérite pas ça.

– Vous ferez comme vous voudrez, mais mon rôle est de vous prévenir. Quoi que vous décidiez, de fuir ou d'y retourner, dites-vous bien que vous ne serez en sécurité nulle part. Vous êtes devenu un symbole du refus de la sujétion au nouvel ordre moral. Pour certains, vous êtes un héros, pour d'autres vous représentez déjà une cible à abattre.

– Je sais, j'ai entendu ce discours toute la journée… Mais je ne veux être le symbole de rien, moi. Je veux simplement qu'on me laisse tranquille.

– Il est trop tard pour ça, Gilles. Vous devez accepter votre sort et ses conséquences irrémédiables. Votre adresse est devenue publique, elle doit se trouver facilement sur Internet. Vous devez faire attention à vous, demeurer prudent et discret en toutes circonstances. Surtout dans les prochains jours, surtout si vous décidez de rentrer chez vous. Compte tenu de ce qui est arrivé à Léontine, il convient désormais d'être extrêmement vigilant.

Gilles restait debout, pâle comme la mort. Il ne comprenait visiblement rien aux paroles du juge, même son visage appelait à l'aide. Le magistrat le considéra avec sidération, comme s'il faisait soudain face à un fantôme ou plutôt à une forme de vie acéphale.

– Décidément, vous ne suivez pas du tout l'actualité…

– Je n'ai pas la télévision, Monsieur Keller, je crois vous l'avoir déjà dit. J'ai un usage modéré d'Internet et je me tiens le plus possible à l'écart des réseaux sociaux. Maintenant, dites-moi ce qui s'est passé, je vous en prie.

– Léontine a été agressée la semaine dernière, elle est encore à l'hôpital.

– Comment ça, agressée ? Par qui ?

– Eh bien, c'était le huit mai. En plein Paris, du côté de Nation, il me semble. En marge des commémorations, les écologistes et diverses associations avaient organisé une manifestation contre les jours fériés « militaires, religieux et machistes », comme ils disent… Bref, Léontine couvrait la manifestation pour *Avenue Foch* quand elle a été prise à partie par un groupe d'antifas qui l'ont rouée de coups en pleine rue devant une boutique de chaussures de luxe.

Elle n'a dû son salut qu'à l'intervention du commerçant qui a ouvert sa grille pour disperser le groupe avec une bombe lacrymogène, le temps de la faire rentrer dans le magasin... Les médecins la gardent en observation jusqu'à la fin de la semaine. On lui a prescrit trente jours d'ITT, elle est tout de même bien amochée. Deux côtes et une clavicule cassées, et puis des contusions, essentiellement. Dit comme cela, c'est déjà terrible mais ç'aurait pu être plus grave encore... Voilà pourquoi vous n'avez pas eu de ses nouvelles dernièrement. Je suis navré de ne pas vous en avoir averti plus tôt, j'imaginais que vous étiez au courant.

– C'est affreux... Comment va-t-elle ?

– Vous la connaissez, elle est courageuse. Elle compte reprendre son activité de journaliste le plus tôt possible. Et revenir sur le terrain. Non, la seule chose qui l'ait véritablement blessée, m'a-t-elle dit, ce ne sont pas les coups mais le fait qu'un de ses agresseurs lui ait arraché le médaillon qu'elle portait en pendentif. Un bijou de famille auquel elle tenait beaucoup apparemment.

Gilles s'assit un moment. Le visage entre les mains, il tentait de mettre de l'ordre dans ses idées. Mais celles-ci ne venaient pas ou paraissaient toutes trop compliquées. Ses oreilles sifflaient et son champ visuel rétrécissait. C'était comme si tout son corps s'effondrait peu à peu, se ruinait pour toujours... Il lui apparut dans un premier temps que l'enfer, s'il devait prendre une forme terrestre à travers l'apparence d'un chaos tangible, définitif et universel, ne se manifesterait pas autrement. Ce constat, du reste, ne lui inspirait aucune réaction. À ce stade, il ne se figurait plus aucune issue. Gilles écoutait son cœur battre frénétiquement tandis que les minutes défilaient au même rythme. Durant tout ce temps, le magistrat fixait au loin un point imaginaire, accompagnant son hôte du mieux qu'il pouvait dans une sorte de méditation grave et pudique. Embarrassé à l'idée de devoir héberger le pauvre homme et son enfant pour le reste de la nuit, ce fut lui qui rompit finalement le silence :

– Vous savez Gilles, dès que vous êtes arrivé, j'ai perçu au changement de votre voix que vous n'étiez plus le même. Qu'une partie de vous s'était transformée... C'était Montherlant, je crois, qui disait « la liberté existe toujours, il suffit d'en payer le prix. » D'ailleurs, était-ce Montherlant ou Chardonne ? Je ne sais plus, je finis par me perdre dans toutes ces citations... Mais enfin, vous m'avez compris : la liberté a un prix. Alors parfois ce prix peut paraître exorbitant, certes. Mais la soumission, elle, a tout d'une dette infinie, croyez-moi. Faites au plus juste, au plus vrai et vous ferez le bon choix, mon ami, j'en suis certain. »

Gilles ne l'écoutait pas. Il repensait à ces papiers qu'il avait refusé de signer dans le bureau de la directrice, il se souvenait aussi de son enfance auprès de ses grands-parents, de leur tendresse maladroite et de la tiédeur de leurs voix. Puis lui venaient des images floues parmi lesquelles il imaginait reconnaître le corps tuméfié de Léontine. Entouré par un monde sans signification, il se sentait étranger à l'existence. Aucune prise sur les événements, pas de choix possible, ni de perspective de changement. Spectateur d'un chaos éthéré, il prenait douloureusement conscience de la vacuité des êtres et des choses, de sa propre insignifiance... Chloé. Seule demeurait Chloé, dont la pureté constituait un refuge et le regard une source infinie et inaltérable d'amour. Mais pourrait-il la protéger ? Comment et pour combien de temps encore ? Demain n'avait rien de mieux à offrir, elle serait trop grande et il serait vieux, ou déjà mort. Si un coin de bonheur était possible, c'était maintenant. Gilles se leva sans un mot et marcha lentement en direction du divan de l'entrée. Usant de ses longs bras comme d'une nacelle, il souleva délicatement Chloé qui s'était rendormie. Devançant son visiteur, le magistrat avait déjà ouvert la porte. Lorsqu'il lui sourit en franchissant le palier, quelque chose de nouveau brillait dans le regard de Gilles. Son dos se tenait bien droit, ses jambes ne tremblaient plus, il pensait à ses parents. S'il n'avait nullement l'impression d'agir comme il le fallait, il était certain, cette fois, d'agir selon sa volonté.

Epilogue

« Non, non, non. Ce n'est pas le genre de mon Gillou, ça. Et je le connais par cœur. C'est bien simple, on est copains depuis le collège... Non, ça ne lui ressemble pas. C'est impossible. »

Interrogé par les chaînes d'information continue au sujet de la disparition de son meilleur ami et témoin de mariage, Philippe s'était montré catégorique : Gilles ne pouvait avoir enfreint la loi, c'était impensable. Les rumeurs évoquant des réseaux complotistes n'avaient aucun sens, pas plus que celles faisant état d'un grave état dépressif ou d'un syndrome de phobie sociale. Pour preuve, Gilles était un fan des Grosses Têtes, du temps de Philippe Bouvard, et il avait toujours voté contre l'extrême-droite. Quant à la cavale, ce n'était pas du tout son genre, pensez-donc, déjà qu'il ne supportait pas le camping.

« C'est vrai qu'il n'a pas dit où il allait, ni pour combien de temps il partait. Quand il a appelé ma femme pour lui demander de venir s'occuper du chat, il lui a simplement parlé d'une histoire de bulle... Mais c'est notre Gillou ça, on n'a pas été surpris. Toujours énigmatique. Et puis ça ne fait pas de lui un hors-la-loi pour autant. Peut-être qu'il est parti à la recherche de sa fille et qu'il préfère rester discret. Ou bien qu'ils ont été kidnappés tous les deux, allez savoir. »

Il n'existe rien de plus inconsistant que les vieilles amitiés. Entretenues sous la tutelle des rapports sociaux imposés, elles ne reposent le plus souvent que sur quelques souvenirs et un vague sentiment de loyauté. Philippe ne « connaissait » pas Gilles. Pas le moins du monde. Il se figurait une fausse image de lui, sorte de collage grossier de cartes postales de jeunesse et d'anecdotes frelatées. On ne connaît pas ses vieux amis, ou plutôt on ne les connaît plus. Rien ne se conserve, le temps est ainsi fait. Seul vaut l'instant. Voilà pourquoi un vieil ami sera toujours plus loin de nous cerner qu'un inconnu rencontré quelques instants plus tôt. C'est comme ça. La vérité ne s'encadre pas, elle cesse d'être à chaque minute.

Dès sa sortie de l'hôpital, Léontine avait tenté l'impossible pour retrouver le fugitif et sa fille. La directrice de l'école se trouvait en arrêt maladie, il était impossible de la joindre mais elle avait réussi à contacter le juge des affaires familiales. En raison des événements récents, ce dernier avait suspendu toutes les procédures en cours contre Gilles Duvignac. Il avait du reste paru surpris et presque indigné de l'audace de la journaliste. Avant de lui raccrocher au nez, il affirma gérer seul ses dossiers et, plus étonnamment, n'avoir jamais entendu parler du juge Keller. Léontine avait poursuivi son enquête auprès d'anciens cadres de la DGSE, d'attachés ministériels et de parlementaires. Certaines confidences faisaient état de protections, à divers niveaux administratifs, et même d'un obscur réseau mafieux financé par de grosses fortunes étrangères. Quand elle l'avait sondé, Keller lui avait dit tout ignorer de ces ragots et ne pas avoir eu de nouvelles de Gilles depuis sa disparition. Quant au JAF c'était un bouffon, il ne fallait pas faire confiance à ce genre de gauchistes. Elle n'avait pas insisté, la confiance du magistrat lui étant devenue extrêmement précieuse dans le cadre d'une autre enquête. Ce dernier disposait en effet de renseignements détaillés sur les raisons de la récente mise à pied du Chef d'État-Major des armées, à trois jours seulement des cérémonies du 14 juillet, entraînant un début de mutinerie et l'annulation du défilé militaire sur les Champs-Élysées. C'était « du lourd », avait-il promis. Elle était invitée dans sa villa girondine, il lui remettrait en main propre des documents accablants. Depuis qu'elle avait quitté Avenue Foch pour se lancer à son propre compte, Léontine ne tenait plus en place et enchaînait les reportages dans tout le pays, la caméra (ou plutôt le smartphone) à la main. Elle montait elle-même ses sujets et les diffusait ensuite directement sur différentes plateformes en ligne. Le succès avait été immédiat, ses vidéos comptaient plusieurs millions de vues. Son visage, sur lequel les stigmates de son agression tardaient à s'estomper complètement, était devenu célèbre et lui ouvrait de nouvelles portes, celles des plus grands médias, y compris à l'étranger. On la disait courtisée par un éminent diplomate britannique. Elle paraissait promise à un destin exceptionnel.

Dans les grandes villes, les abords des écoles deviennent chaque année le théâtre du même spectacle, le jour de la rentrée des classes. Partout des cartables neufs et extrêmement colorés, des rires d'enfants et des cris de parents. Des Fiat 500 garées en double file devant l'entrée et des employés de mairie en chasuble fluorescente gesticulant sans cesse pour se donner l'illusion d'être utiles. Quelques coups de klaxon, par intermittence, des injures qui fusent. Enfin, toujours le même folklore, le même rituel de fin d'été. Cette fois encore, l'école maternelle de Bordeaux Bastide ne faisait pas exception. Même après une année agitée, conclue par la défection de sa directrice et une fermeture partielle, rien n'avait changé. En apparence, tout au moins, car ce matin-là, devant le portail, la nouvelle directrice distribuait aux parents des tracts, rédigés en écriture inclusive et imprimés sur du papier recyclé, leur annonçant de nombreuses évolutions.

« Bonjour madame, comment allez-vous ? Oui, c'est moi qui remplace Marie-Pierre comme directrice... Merci, merci. Oui, tenez, on a fait un *flyer* explicatif sur lequel il y a la nouvelle équipe, avec la photo de tout le monde. Vous y trouverez les nouvelles activités périscolaires aussi, et puis la charte d'inclusivité. Voilà, merci. Bonjour monsieur, tenez... Ah oui, vous êtes le papa de Timothée, je me disais bien que je vous connaissais, haha ! Merci à vous, et bonne journée... Oh Juliette, comme je suis trop contente de vous voir ! Et de revoir Chloé bien sûr, bonjour ma chérie... Vous savez, on s'est beaucoup inquiété pendant l'été avec l'équipe, comme on n'avait pas de nouvelles. Quand on a appris qu'elle était revenue, on était tellement heureux. Quel soulagement. Pfff... Ça a dû être terrible pour vous j'imagine... Et puis, quelle angoisse, franchement. Mais bon, elle est là, c'est le principal, hein... Elle va bien ? Je veux dire, au niveau psychologique surtout.

Juliette n'avait pas reconnu Marjorie, ou plus exactement elle ne s'attendait pas à la trouver ici, dans le rôle de la directrice, avec une nouvelle coiffure à la coloration étrange, très rousse mais un peu trop cuivrée. C'était sa voix particulière qui l'avait alertée au dernier moment, tandis qu'elle tirait Chloé par la main. Si elle l'avait reconnue plus tôt, elle aurait peut-être tenté de l'éviter mais il était trop tard, elle se trouvait engagée dans une conversation.

– Oui, bonjour Marjorie. Contente de vous voir, moi aussi. Chloé va très bien, je vous remercie... Bon, ce matin elle fait un peu la tête, mais ça va... En fait, c'est difficile à expliquer mais, de son point de vue d'enfant, elle a vécu cette cavale avec son père un peu comme des vacances. Elle en parle encore beaucoup. Les chevaux, la montagne, on a l'impression que ce ne sont que de bons souvenirs quand on l'écoute. Bien sûr, je suppose qu'il y a des traumatismes enfouis qui finiront tôt ou tard par apparaître, c'est ce que dit la pédopsychiatre d'ailleurs, mais pour l'instant ça va.

– Il faut être vigilant, oui. Elle a raison. Les violences psychologiques sont parfois subtiles et il faut du temps pour les identifier. Surtout les violences paternelles, j'ai lu un article là-dessus l'autre jour... Et à ce propos, Monsieur Duvignac, vous avez des nouvelles de lui ? Ils n'en parlent plus à la télé depuis qu'il s'est rendu à la police.

– Eh bien, il est détenu à la maison d'arrêt de Gradignan, en attendant son procès. On pensait qu'il éviterait la prison mais le juge craint qu'il ne s'échappe et tente de reprendre Chloé. Ça fait quinze jours maintenant. Son avocat comptait demander sa remise en liberté, ou tout au moins qu'il soit placé sous bracelet électronique, en attendant le procès, mais Gilles ne veut pas. Il répète qu'il s'en fiche, que ce sera bientôt fini... Je ne sais pas trop ce que ça veut dire.

– C'est terrible hein, c'est comme s'il était devenu fou... Enfin, je ne le connaissais pas comme vous, bien sûr, mais ça donnait cette impression-là quand on l'a vu aux infos, le jour où il s'est rendu. Franchement, il était méconnaissable. Il avait l'air vieux et maigre, ça faisait presque de la peine. Il vous a dit pourquoi il s'était enfui avec Chloé ? Je veux dire, on sait où ils se sont cachés pendant tout ce temps ? Parce que trois mois c'est long quand même, surtout quand on est recherché par la police.

– Je n'en sais rien, il ne me parle pratiquement pas. Je suis allé le voir deux fois avec Chloé, c'est elle qui insiste pour lui rendre visite. Chaque fois, il lui prend les mains et ils se mettent à parler de balades à cheval, de plongeons dans un lac ou de nuits à la belle étoile. Ils rigolent ensemble... Et puis, ils utilisent des mots que je ne comprends pas, une sorte de langage codé, enfin c'est leur moment à eux, moi je n'existe pas. C'est difficile mentalement, je vous assure.

– Je comprends, mais c'est encore très frais pour elle. Rassurez-vous, Chloé va vite passer à autre chose, j'en suis certaine. Et puis, elle va être bien ici cette année. Vous savez, le climat est beaucoup plus serein à l'école depuis que Marie-Pierre est partie. On n'a presque plus de dégradations ou de tags sur les murs... Je ne devrais peut-être pas dire ça mais on se sent plus libres, plus créatives aussi. Regardez, on a tout noté sur notre flyer. Par exemple, on a prévu la mise en place d'ateliers d'inclusivité où on va expliquer le privilège blanc, avec des mots simples, et où on développera l'empouvoirement des enfants racisés, ça va être top. On a dégenré toute la cour de récré aussi. En fait, le but c'est d'éviter les cas de RSHT, on a vu pour Chloé que ça pouvait être problématique à mettre en place. On va essayer de travailler beaucoup plus en amont, dès les tout petits, à leur entrée en maternelle.

Tenant sa fille contre sa jambe, Juliette semblait un peu absente, réservée. Elle ne jeta qu'un bref coup d'œil au tract que lui tendit Marjorie avant de le glisser furtivement dans son sac.

– C'est très bien. C'est important que tous les enfants se sentent bien à l'école, quels que soient leur genre ou leurs origines. Enfin, c'est mon avis de femme mais aussi de maman... Au fait, j'ai remarqué que Souleymane n'était pas dans la classe de Chloé cette année. J'espère que ce n'est pas à cause de tout ce tapage médiatique ?

– Non, pas du tout, ne vous inquiétez pas. Monsieur Diarra avait prévu de longue date de placer Souleymane dans une autre école à la rentrée, il m'en avait déjà parlé l'année dernière. Il s'agit d'une école primaire coranique, qui est située à Cenon je crois, ou peut-être à Lormont, et qui accepte les enfants à partir de cinq ans... Donc voilà, rien à voir avec Chloé, rassurez-vous, c'était juste un choix pédagogique des parents.

– Tant mieux, je suis contente que tout finisse par s'arranger... Mais pour être honnête, je trouve ça très bien que le gouvernement ait suspendu temporairement le déploiement du protocole RSHT. Je pense que c'était sans doute une bonne idée au départ mais la façon dont ça s'est passé pour ma fille, et pour nous tous, a été désastreuse. »

Marjorie baissa les yeux, acquiesçant d'un prudent hochement de tête. Elle souhaitait visiblement en rester là. Les propos de la mère de Chloé risquaient de prendre une tournure polémique et les autres parents, massés devant le portail, pouvaient facilement les entendre. Ce fut à ce moment que la sonnerie retentit. Juliette embrassa sa fille sur le front puis la suivit du regard tandis que les enfants s'alignaient dans la cour. Il était encore tôt mais il régnait déjà une lourde chaleur d'été. Au loin, quelques éclairs commençaient à zébrer d'épais nuages couleur de cendre.

Quand Maïté ouvrit les yeux, elle perçut la caresse d'un rayon de soleil sur son visage comme une onction divine. Il était à peine huit heures. Elle n'avait pas dormi aussi tard, un jour de semaine, depuis vingt ans. D'un bond coupable, elle se dirigea vers la cuisine afin d'ouvrir en grand la fenêtre qui donnait sur la vallée de la Nivelle et de mettre en route la vieille machine à café. La brume s'attardait au loin mais on pouvait déjà distinguer les toits des ventas au sommet du col d'Ibardin. Elle respira profondément et l'air lui sembla si doux qu'elle n'eut même pas envie de fumer. Sans en profiter davantage, elle saisit une chaise, l'adossa au rebord de la fenêtre puis monta dessus en se tenant à la rambarde. Le haut du corps penché par l'embrasure, Maïté pouvait percevoir l'entrée du magasin, deux étages plus bas. D'un bref coup d'œil, elle souhaitait vérifier que les piles de *Sud-Ouest* se trouvaient bien disposées à droite de l'entrée et que les présentoirs de cartes postales avaient été correctement alignés sur le trottoir. Tout lui sembla aussi parfaitement agencé que lorsqu'elle s'en occupait elle-même. Puis elle descendit de sa vigie et referma la fenêtre, ce serait une belle journée. En rangeant la chaise sous la table de la cuisine, elle couvrit la photo de son mari, posée au-dessus du frigidaire, d'un regard humide et souriant. Désormais, elle n'avait pas plus à se soucier de la boutique. C'était sa fille qui se lèverait chaque jour, bien avant l'aube, pour assurer la mise en place des quotidiens, réceptionner les livraisons, accueillir les premiers clients. Naturellement, elle avait tenu à l'accompagner les premiers temps, lorsqu'elle avait repris l'activité au mois de juillet, mais on n'avait plus besoin d'elle à présent. Minée par les soucis plus encore que par l'âge et la cigarette, Maïté avait accueilli avec soulagement la proposition de sa fille de reprendre la gérance du petit tabac-presse de la rue de l'Église, à l'entrée du village de Saint-Pée-sur-Nivelle. Soulagement et surprise, car rien ne lui avait laissé présager un semblable revirement. Après y avoir travaillé tous les étés sans exception, lorsqu'elle était adolescente et même durant ses études universitaires, Marie-Pierre n'avait plus voulu entendre parler du magasin au décès de son père. Maïté l'avait compris et, jugulant le sien, elle s'était effacée devant le chagrin de sa fille. Durant plus de dix ans, leur relation était allée mollement, sans tendresse mais sans heurt, flottant comme un malentendu. Il n'y avait jamais eu de malaise ou d'incompréhension particulière entre les deux femmes, mais une relative indifférence d'ordre général s'était peu à peu installée. Le deuil isole plus souvent qu'il ne réunit, Maïté s'était fait une raison. Elle comptait les jours jusqu'à une possible date de départ à la retraite et se préparait à devoir lâcher l'affaire. L'affaire de toute une vie, l'affaire de toutes leurs vies. Et puis... Et puis il y avait eu toutes ces histoires à Bordeaux et Marie-Pierre l'avait appelée. C'était un mardi, il était très tard, elle était en pleurs.

Lorsqu'elle descendit au magasin, sur les coups de dix heures, Maïté trouva sa fille occupée à revoir l'agencement des revues érotiques et autres magazines masculins, disposés en hauteur sur le grand présentoir du fond.

« Bonjour ma chérie.

– Oh, bonjour Maman. Je suis ravie de te voir mais ce n'était pas la peine de descendre. Comme tu peux le constater, c'est calme donc je fais un peu de rangement... Tu as passé une bonne nuit ?

– Ah oui, je crois que je n'avais pas si bien dormi depuis très longtemps, même du temps de ton père, quand c'était lui qui se chargeait de lever la grille... Tu as quand même eu un peu de monde depuis l'ouverture, ce matin ?

– Pas vraiment, quelques paquets de clopes et des jeux à gratter, mais c'est tout. J'ai l'impression que les touristes sont partis maintenant, les vacances sont finies... Au fait Maman, tu es toujours d'accord pour me garder la boutique demain matin ? C'est la rentrée de Sofiane au lycée et je tiens à l'accompagner.

– Bien sûr ma chérie, avec plaisir. Tu le sais bien, l'ouverture c'est le moment que je préfère dans la journée...

En parlant de lui, il est où ce grand dadais de Sofiane ? En descendant, j'ai toqué à votre porte, je pensais le voir. Et puis comme je n'ai entendu aucun bruit à l'intérieur, je n'ai pas insisté. Je me suis dit qu'il devait encore porter son casque sur les oreilles.

– Non, il est parti jouer au fronton avec un copain. On dirait que c'est devenu une passion, la pelote... Ça me fait plaisir de le voir comme ça, en tout cas. Je suis contente qu'il sorte et qu'il se fasse déjà de nouvelles connaissances. »

La voix de Marie-Pierre avait blanchi, se voilant d'indolence ou de mélancolie. En évoquant la rentrée des classes, elle repensait à Bordeaux et à l'école maternelle qu'elle avait quittée deux mois plus tôt, à la fin de l'année scolaire. Elle ne regrettait pas sa décision mais voilà, les enfants lui manquaient. Les bruits de la ville aussi, ainsi que la fierté d'enseigner. C'était pour toutes ces raisons qu'elle avait choisi de ne pas démissionner, préférant se mettre en disponibilité pour une durée incertaine. Elle n'excluait pas de reprendre du service, un jour prochain, dans quelques années. Enfin, quand Sofiane serait autonome et que sa mère serait d'accord pour vendre... Tout ça, le tabac-presse, le Pays Basque, c'était une solution de repli, un refuge provisoire. Il s'agissait seulement de se mettre à l'abri, elle et ses proches, un certain temps. Elle pressentait que cette situation ne pouvait être que temporaire. Elle n'imaginait pas qu'il en advînt autrement.